千両桜

夜逃げ若殿 捕物噺16

聖 龍人

時代小説

二見時代小説文庫

目次

踊る千両桜——夜逃げ若殿 捕物噺16

第一章　稲月《いなづき》、城下町

一

春の江戸は風があちこちで吹き荒れ、砂埃《すなぼこり》が舞い上がる。埃よけに手ぬぐいを被って駆け足で通りを抜ける娘たちは、ふくらはぎを見せている。

駒下駄《こまげた》の音が聞こえると春だ。

そういったのは誰だったろう。

「千太郎《せんたろう》さんでしたかねぇ」

「あの人がそんな気のきいたことをいうもんですか」

会話を交わしているのは、上野山下《うえのやました》にある書画骨董、刀剣などを売り買いする片岡《かたおか》屋《や》の主人、治右衛門《はるえもん》と山之宿《やまのしゆく》の親分、弥市《やいち》である。

千太郎というのは、つい最近までこの片岡屋で目利きをしていたおかしな侍のことだ。どういうわけか、いきなり江戸からその姿を消してしまった。

片岡屋の離れで居候《いそうろう》していたのだが、その類《たぐ》いまれなる探索の才を発揮するために、御用聞きの弥市や、南町見廻り同心の波村平四郎《なみむらへいしろう》などが遊びに来ていた。

さらに、千太郎には江戸の町で出会った雪《ゆき》という許嫁《いいなずけ》に近い娘がいて、やはり片岡屋の離れにほとんど毎日顔を見せていたのである。

じつは——。

ふたりの仲はわけありなのである。

千太郎は、下総《しもうさ》稲月家三万五千石の若殿。

そして雪というのは、江戸の町で使う仮の名。本当は、由布姫《ゆうひめ》という御三卿《ごさんきょう》、田安家《たやすけ》ゆかりの姫なのであった。

ふたりとも期せずして、祝言《しゅうげん》をする前に気ままな刻《とき》を過ごしたいと、江戸の町に出た。

図らずもふたりは出会い、好き合う仲に落ちた。

運命の悪戯《いたずら》か、天の助けか、はたまた地獄の手妻《てづま》か。

お互いの素性を知らずにである。

それからは、ふたりで手を取り合って弥市たちの後《うし》ろ盾《だて》として、不可解な殺しやら揉め事を解決し続けてきたのだった。

しかし──。

行儀見習いで由布姫についていた十軒店《じっけんだな》にある梶山《かじやま》という人形店の娘、お志津《しづ》が殺されてしまったのである。

そのとき、イヌワシという言葉が残された。

さらに、千太郎や由布姫までもが命を狙われた。

なにかの陰謀を感じ取った千太郎は、一度国許《くにもと》に戻る必要があると感じ、江戸から消えたのである。

もちろん、千太郎や由布姫の本当の正体を弥市たちは知らない。普通の侍や町娘とは佇《たたず》まいにどこか異質なところがあり、さらに金に困っている様子もなく、

「大盗賊が変装しているのではないか」

などと弥市すらうがった見方をしたこともあったくらいである。

片岡屋では、千太郎がいなくなり治右衛門が目利きをしている。

普段なら、千太郎が目利きをしているはずである。だが、いないものは仕方がない。

治右衛門は顔が強面《こわもて》である。鉤鼻《かぎばな》は客をときとして威嚇《いかく》する。そのせいか、あまり

客が入ってこない。

「旦那……」

帳場の近くに座りながら、弥市が呟《つぶや》く。

「なんだね」

「そんな怖い顔をしていちゃぁいけませんや」

「生まれつきだ」

「まぁ、そうでしょうが、もっと、こう、千太郎さんのようににこやかにしていたほうがいいんじゃありませんかねぇ」

「媚《こ》びを売る気はない」

「まったくねぇ……それにしても、どこでどうしているものやら」

御用の仕事にもどこか気持ちが入っていない弥市なのだ。

波村平四郎は、あの人は気まぐれだからまた戻ってくる、と慰めるがそういう自分も寂しそうである。

なにしろ、これまでの手柄《てがら》はほとんど、千太郎がいたから挙《あ》げることができたようなもの。その銭函《ぜにばこ》のような人が消えたのだから、

「困ったなぁ……」

つい愚痴《ぐち》をこぼしたくなるのは人情だろう。

さらにいえば、消えたのは、千太郎だけではなかった。

「そういえば、北町奉行所の矢ノ倉加十郎《やのくらかじゆうろう》さまの役宅も空《から》になったそうですぜ」

千太郎の命が狙われたり、お志津が殺されたりしている間、なぜか南町の係りの月なのに顔を出していた。

その矢ノ倉の姿が消えたとしたら――。

「千太郎さんを追いかけて行ったんでしょうか」

弥市が首を傾げても、

「さぁ」

治右衛門は、愛想《あいそ》がない。

まるで自分とは関わりのない話だといいたそうだが、じつはお志津の葬式で手助けしてくれたのは、この治右衛門である。

本心と表情はかけ離れているはずだった。

そこに由布姫が入り口にぽつんと立っている姿が見えて、弥市が手招きする。

「あ、その顔は怒ってますね、雪さん」

雪こと、由布姫は店のなかに入って弥市のとなりに腰掛けた。

「当たり前です。勝手にいなくなってしまったのですから」

「どこに行ったかわかりますかねぇ」

「知りません」

「あぁ、触れたら火傷《やけど》しそうなほど怒ってますねぇ」

「当然です。弥市さん、あなたならいついなくなったのか聞いているでしょう」

「それはありませんや。あの人はこういうときは独断で動くのが常でしたからねぇ」

「治右衛門さんはどうです」

名を呼ばれた治右衛門は、じろりと由布姫を睨《にら》んで、

「雪が解《と》ければ地面が見えます」

「…………」

由布姫は、なにをいいたいのか、と治右衛門を見つめた。だが、例によって仏頂《ぶっちょう》面《づら》をしているだけである。目も動かさない。なにを考えているのか、怒り狂っている
由布姫には理解不能である。

「雪が解ければ地面が見えます」

ふたたび、治右衛門が呟いた。

はっとした。

「あ……それは、千太郎さんがどうして私を残していったのか、いつかわかるという意味ですね」

「私は、これで」

治右衛門はそういうと帳場に使用人を呼んで、あとは頼んだ、といって奥に引っ込んでしまった。

「追いかけます」

立ち上がった由布姫は、弥市についと顔を近づけ、

「一緒に行ってください」

「へ……どこにです」

「千太郎さんが向かった場所は、だいたい予測がつきます」

「ちょっと待ってくださいよ。あっしは江戸の御用聞きですからねぇ。勝手に動くわけにはいかねぇ。第一、波平《なみへい》の旦那が許してくれるわけがねぇ」

波平とは波村平四郎のことだ。

「そうですか。それなら仕方ありません」

そういって由布姫は店から飛び出した。

「あぁ……あれはひとりでも行くつもりだ……あっしも一緒に行けたらなぁ」

弥市は、忸怩《じくじ》たる思いであった。

由布姫を江戸に置いて国許に向かった千太郎は、いま下総の街道から少し外《はず》れたところを歩いていた。裏道のほうが人目につかない、と考えたからだった。

敵が千太郎の命を狙っているとしたら、表街道を歩くのは、私はここにいます、と宣言しているようなものだ。

それに、国許の誰にも帰るとは知らせてはいない。

途中で顔を見られて、国許に通報されるのを避けたかったのだ。表街道は、行商人なども使う。どこで知り合いと鉢合わせするかわからない。

国入りは、犬猫すらにも知られたくない。

このあたりは山はなく平坦な道が続く。

「面白くない」

もっと登り下りがあったほうが歩いているときは楽しい、といいたいらしい。

そう呟いた途端《とたん》、かすかな登りになった。

それと同時に周囲が暗くなった。まだ午《うま》の刻前である。周りに生《は》えている松やら銀杏《いちょう》の木々によって光が遮《さえぎ》られたらしい。

獣《けもの》でも出て来そうだ。

後ろにも前にも人っ子ひとりいない。どこか不気味な臭気も漂ってきた。

――これは獣ではないな。

ひとりごちた千太郎の前に、数人の男が松林のなかから飛び出して来た。短衣に山《やま》刀《がたな》。もじゃもじゃの髭《ひげ》にぼうぼうの髪。髷《まげ》などどこにあるのか見極めもつかない。あきらかに旅人には見えない男たちである。

「それで全員か」

前にふたり、後ろにふたり。

四人である。

光が遮られているせいで、はっきりと顔は見えない。人の形をした影が、陽炎《かげろう》のように見える。

「この人数では不服か。もっと人数を連れて来たほうがよかったかな」

前にいたひとりが数歩寄ってきた。その歩きはまるで物見遊山《ゆさん》でもしているようだった。千太郎を襲う雰囲気はまるでない。だが、世間話をしたいわけではないだろう。

「こんなところで山賊に遭うとはなぁ。まぁ山というには、ここは低すぎる。さしずめ低賊だな」

「ふん、さすがいい着物を着ているだけあって、気が利いた科白《せりふ》をいうものだ」

懐手《ふところで》をして、ふんぞりかえっている男が前に出た。

顔はそれほど強面《こわもて》ではない。治右衛門のほうが凄みがあるぞ、と千太郎は内心、微笑《ほほえ》んだ。

男は、千太郎がどんな動きをするのかじっと見ているようだ。ただの山賊にしては、少々の知恵も感じることができる。ほかの連中は、髭面だったり髷が歪んだりしているが、この男は見た目どこにでもいるような雰囲気だった。

「おぬしが親分か」

「まぁ、そんなところだ。どうだ、あまり貫禄はねぇと思うかい」

「そうだなぁ、もう少し強そうなほうがいいぞ」

「ほう、どうしたらそのように見えるのか、教えてもらおうか。そんな大口《おおぐち》を叩くところを見ると、あんたは強いんだろうからなぁ」

「あぁ、私は強いぞ」

「これはこれは。おい、みんな聞いたかい。このお侍は強いんだとよ。俺より強いといってるようだが、どうだみんな」

手下の三人は、えへらえへら笑っている。なかには腹を抱えている者がいる。そし

て千太郎を挑発したいのか、ひとりがぺっと地面に唾《つば》を吐いた。それを見て、

「おやおや、地面が可哀相ではないか」

千太郎があからさまに顔をしかめた。

「ここは裏道とはいえ、大勢の人が通るのだ。そこにそんな汚らしいものを吐き出してはいかんなぁ」

「なんだと……」

後ろで唾を吐いた男が腕まくりする。だが、親分が止めて、

「まぁ、まぁ。確かにあまりきれいなもんじゃねぇぞ、捨蔵《すてぞう》」

捨蔵と呼ばれた男は、へぇと頭を下げた。

「ほう、自慢するだけあって、親分としては統率するだけの力を見せつけているようだ」

「まぁな……」

わっはははは、と親分は大笑いする。その笑い顔は思いの外《ほか》、木々の間から射し込んでくる光と調和していた。

千太郎は笑みを見せながら、親分の器量を推し量っていた。

二

「どうだ、だまってその高級そうな刀だけでも置いていく気はないか」

山賊の親分が、世間話のように始める。

「あぁ、これはなぁ、和泉守《いずみのかみ》定兼《さだかね》であるからなぁ」

千太郎もまるで目利き話をしているようだ。

「それはそれは。俺に譲ってくれたら、もっといい使い方ができるのだが、どうかな。そのほうが刀も喜ぶぞ」

「いやいや、山賊、いや低賊ではこの大業物《おおわざもの》が泣くでなぁ。おぬしもなかなかの業物を持っているようだが」

「あぁ、これはいつぞや旗本何千石とやらのたまう侍から、ぜひ使っていただきたい、とまぁ、頭を下げられてな。それほどいうなら貰ってあげようと答えて、いただいたまでよ」

「物はいいようだな。無理矢理盗んだのであろうに」

見せる高笑いは、木漏れ日を揺るがす。

「おぬし、元は名のある武士ではないのか」

千太郎もにやにやしながら問う。

「……過去は、すでに質屋に流しておる」

「なるほど、質流れどのか」

「おい、野郎ども。この人はこの伝八《でんぱち》さまのことを質流れどのか、などといっているぞ」

手下の三人は、大口を開いて笑っている。

「おや、当たったのか」

「おい、野郎ども、当たったか、だとよ」

心から楽しそうにする山賊男の破顔姿は、江戸っ子の吹き流し気分を感じさせ、千太郎は、この伝八という山賊の親分とのやり取りがなんだか楽しくなった。

「なにか楽しいぞ」

「わっははは。俺もだがこのまま帰らせはしねぇから、覚悟だけはしておけよ」

「だが、刀は諦めてもらおう」

「では、そろそろ本腰を入れるとするか。野郎ども！」

伝八の掛け声で、手下の三人がじりじりと千太郎に向かってきた。なるほど、それぞれ腰を落として構える姿は隙がない。喧嘩慣れしているのだろう。

前後で挟み撃ちにされたら逃げる道がなくなる。

「これは手ごわそうだなぁ。むしろ楽しみが増えたということだが」

にやにやする千太郎に、親分はそばにある根株に座って悠然と構えている。煙草《たばこ》まで取り出してぷかりと煙を吐き出す余裕さえ見せている。

手下たちは気がつくと千太郎のすぐそばまで迫っていた。前のひとりが山刀を抜いて、大上段に構えた。

「ふむ、よほど親分の薫陶《くんとう》がよろしいようだ」

戦い慣れていない者なら侍でも恐れをなすことだろう。ましてや町人なら金目の物を投げ出すに違いない。

伝八の吐き出す煙が木漏れ日に霞《かすみ》を作った。摩訶不思議《まかふしぎ》な絵のような場がそこに拡がる。まるで宮地芝居《みやじしばい》の一場面のようだ。

「や！」

前にいた山刀の男が、二間《けん》ほど跳んで打ち込んで来た。

千太郎は、ほとんど体を移動させずに、上半身をひょいと傾けてその一撃を避けた。

その瞬間だった。後ろに迫っていたふたりの敵が同時に地面を蹴った。

砂塵《さじん》を上げてふたりの黒い獣がすっ飛んできた。

千太郎は、刀を抜くとそのまま後ろに剣先を突き出した。脇の下から後方に伸びた先はひとりの肩先をかすめた。

致命傷にはなっていないが、戦意を喪失させるには十分だ。

最初からその結果を狙ったのだ。手下たちにはそこまで見る目はない。だが、伝八は見破ったようであった。

「お前、確かに強いな」

「わかってもらえたなら、もうやめたほうがいい。無駄な怪我人が出るだけだ」

「いや、ますますやる気が生まれたぜ。俺は強い相手を見ると背中にぐんぐん力が入るのだ」

「普通、力が入るのは腕ではないのか。面白いことをいうものだ」

「山賊は、頭を使うんだぜ」

「これは初めて聞いた」

千太郎はわっははと楽しそうである。

「そろそろやるか」

伝八が腰を落とした。刀を抜く。さらにその手を後ろに引いた。

「なるほど、それが山賊の剣術か」

その構えだと、刀の出どころが見えない。油断していると不意打ちを喰らってしまうことだろう。襲う剣術としては理にかなっている。

千太郎は、にやにやしながら、

「手加減せぬぞ」

「望むところだ」

青眼《せいがん》にピタリを構えをとった千太郎の姿に、山賊たちはほうと思わず感嘆の声を上げてしまった。

それほど千太郎の構えには威厳と、品位があったのである。手下たちは、お互いの顔を見合わせ、伝八はついと腰を引いた。

「お前さん、本当は誰だい」

「誰でもない。江戸は上野山下で刀剣などの目利きをしている千ちゃんだ」

「ふふふ。面白い男だな。いままでいろんな馬鹿者どもを襲ってきたが、これほどおかしな侍はあまり見たことがねぇ」

「それはありがたい。私はひとりしかおらぬからなぁ」

「なるほど……」

そういうと、いきなりぱっと刀を投げ捨てた。

親分は、ばたりと地面に伏した。

「もう、やめた」

「おや、どうしたというのだ」

「やめた。あんたは強い、俺が勝てるような相手じゃねぇ」

「ほう」

「どうだ。あんた、俺たちの親分になってくれねぇかい」

「まさか……」

「本当だ。どうだ。あんたが俺たちの親分になってくれたら、いまの商売はもっと繁盛するに違ぇねぇ」

「私に山賊の親分になれというのか」

「だめか」

「あまり大きな声でいえるような商売ではないなぁ」

「始めたら楽しいものだぞ。どんな連中でも恐れを抱く。それに、手に入れたものはみんなで山分けだ。こんな楽しいことはあるまい」

そういうと、伝八は地面に頭をつけた。それをみていた千太郎は、ニンマリして、

「おぬし元は武士だな。その頭の下げ方は、いかにも堂に入っている。それもかなり身分があったと見たがどうだ」

「……なるほど、俺をそこまで見破れるとは、おぬしもそれなりの身分があるお人に違いあるまい。やはり、見込んだだけはある」

「勝手に決められても困るがなぁ」

かすかに首を傾げた千太郎は、数呼吸黙っていたが、はぁと大きく息を吐いた。

「よし、親分になろう」

「おう、そうか。それでこそ三代目だ」

「三代目なのか」

「俺が二代目だからな。じつは俺も先代にここで襲われて戦って二代目になったのだ。誤解しては困るが、先代から伏して頼むといわれたからだ。力ずくで継いだわけではない」

そのとき、かすかに憂いが浮かんだ。目が木漏れ日に向けられた。この男にもなにか背負っているものがあったのだろう。

「よし、私がその意思を継ぐ。ただし、ひとつだけ条件がある」

「聞きましょう」

言葉遣いが変わった。新しい親分になる相手に接するという気持ちらしい。

「山賊はやめだ」

一瞬、森も山も道も空も雲もしんと音を失ったような雰囲気に包まれた。

「いま、なんと……」

「山賊はやめる、といったのだ」

「でも、それではみんなの食い扶持《ぶち》が……」

「考えておくから心配するな」

後ろから、駆け込んでくる音が聞こえた。千太郎は振り向きざまに、

「落ち着け」

小さな声で、山刀を振りかざしている子分に語りかけた。いまにも斬りつけようとしていた子分は、刀を持ったまま体が固まったようだった。

「では、根城に連れて行ってもらおう」

伝八は、立ち上がって子分たちの憤りを静めようと睨みつけるが、手下たちは不服なのだろう、その場だけ大人しくしているのは見え見えだった。

それでも伝八の言葉は絶対らしい、あきらかに目を三角にしているのだが、子分たちは千太郎に打ちかかりはしなかった。

伝八が連れて行ったのは、そこから少し丘陵になっているところだった。どうしてこんな場所に、と思えるほど大きな建物が建っていた。

玄関があるわけではないから、おそらく以前は百姓家だったと思えた。さらに昼だというのに、雨戸がしっかりと閉じられている。

「これではなめくじになりそうではないか」

千太郎の言葉に、伝八はにやりとしただけだった。

部屋は二十畳はあるだろう。そこに十人以上の手下たちがゴロゴロしている。それでも、どこか秩序があるように見えるのは、伝八のしつけが行き届いているのだろう。ばらばらでも整然としている。

部屋の後ろ側は本来なら壁があったと思えるのだが、そこがぶち抜きになり、外から光を取り入れることができるようになっている。

ただし、そこから外に出たとしてもすぐ崖《がけ》にぶつかる。つまり外からはこんなところに建物があるとは気がつかないように工夫されているのだった。

「なるほど、これなら隠れ家として不都合はない」

千太郎は、見回しながら笑っている。

「用意周到とはこのことか」

「ただの山賊ではないのだ」

「だが、それも終わりだ。これからはまっとうな仕事につくことにする」

その言葉に、ごろごろしていた手下の数人が、目くじらを立てて立ち上がった。

「待て、今度はこのかたが新しい親分だ」

伝八の言葉に、手下たちはお互い顔を見合わせている。

「なにをふざけたことを」

立ち上がりながら、年長者の男が指をさしながら、

「俺は、おめぇなんざ知らねぇ。親分はそこにいる人だ！」

「だがなぁ、この人が私に継がせたのだから、しょうがあるまい」

「いい加減なことをいうんじゃねぇ」

そう啖呵《たんか》を切りながらも、不安そうな目を伝八に向けた。

「あぁ、このかたのいうとおりだ。俺は身を引いたんだ」

「ばかをいえ」

「このかたは強いぞ。俺よりも強い。だから譲ったんだ。みんなも今後はこのかたが親分だ、いいな」

「馬鹿だよ！」

一番端に片膝立ちで座っていた手下が、ひと言《こと》そう叫んだと思ったら、そのまま部屋から出て行ってしまった。

「梓《あずさ》！」

名前を叫んだ伝八が苦々《にがにが》しい顔をする。

「その名は……女か」

「……娘だ」

「鼻っ柱が強そうだな」

「それが取り柄《え》だ」

嬉しいのか、それとも困っているのかわからないような目つきだった。それでも自分の娘だからなのだろう、話をする間は目がやさしい。

「放っておいていいのか」

「獣と戦っても勝てるような女だ、心配はない」

「そんなことではない。心の問題だ。いままではあんたが親分だったのに、いきなりどこの馬の骨ともわからぬ私がやって来たのだ。心が騒ぐのは当然であろう」

「気にするな」

伝八は娘のことより、手下たちの乱暴さが気になっているようだった。

手下たちは、獣のような顔つきで、千太郎を睨みつけている。立ち上がった者、座ったまま睨んでいる者、それぞれいつ飛びかかろうかとその間合いを量っている。

凶暴な顔つきがすべて千太郎を獲物として標的にしているのだ。

それだけに伝八は気になっているのだろう。だが、千太郎はすっくと背筋を伸ばして、手下たちを見回していた。

きっかけは年長の男だった。

「このやろう！」

山賊を働いたときに、誰かから奪ったと思えるような刀を振りかざして、手下たちの間をすっ飛んできた。

千太郎はそれをあっさり躱《かわ》して、ぽんと尻を蹴飛ばした。

とととととと――。

どこまで行くのかと思えるほど男はすっ飛び、外に転がり落ちた。続けてふたりが立ち上がり、ひとりは突き、ひとりは大上段に構えて、突入してきた。

だが、突きを簡単に躱し、大上段は柄《つか》で払いのけると、鳩尾《みぞおち》をぽんと突いただけでふたりはその場に沈んでしまった。

一度も千太郎は刀を抜いていない。

襲いかかった三人は腕自慢だったに違いない。それが子どもでも相手にするほどの動きしか見せずに、撃退された。

その鮮やかな腕前に、他の手下たちは目を瞠《みは》っていた。ひそひそと語り合っている者たちもいる。

「こういうことだ」

伝八が前に進み出てひとりひとりの顔を見つめながら、

「俺がかなわねぇといった意味がわかっただろう」

外に転げ落ちていた年長の男が部屋に戻ってきた。刀を肩に担いで、すたすたと千太郎の前に進み出る。

伝八が止めようとするのを手で制し、千太郎の前に着くといきなり腰を下ろして、

「これを」

男は刀を両手で前に差し出した。

「あんたが大将だ」

伝八はその芝居がかった男の行動に、わっはははと大笑いしながら、

「野郎ども。頭《ず》が高い」

へへへぇと全員が思い思いの格好をしたまま、頭を下げた。

三

あっという間に山賊の親分になった千太郎であるが、気になるのは、やはり稲月城下の動向である。

命を狙われているのはなぜか。

お志津が殺されたのにはなにか理由があるはずだ。

さらに、城内でなにか揉め事が起きているという噂はどこまで本当で、もし不都合な話が持ち上がっているとしたら、それはどんなことなのか。

もし、そのような事実があるとしたら、国家老となっている市之丞《いちのじょう》からの報告がないのはなぜか。

疑問は山ほどあった。

だからといって、そんな疑惑の塊《かたまり》を伝八たちに伝えることはできない。それでも、

「城下に行ってみたい」

と伝八に告げると、
あんなところに行っても大して面白くはない、といわれた。

「ほう、それはなぜだ」

「だって、あそこの若殿って野郎がまたとんでもねぇ馬鹿若殿でねぇ」

「それはまた……」

「江戸で、まぁそれはそれは、夜な夜な遊び呆けているらしいですぜ」

「見た者がいるのか」

「そんな野郎はいませんが、もっぱらの噂です。だからいま城内じゃ、馬鹿若殿を廃《はい》嫡《ちゃく》しようという動きが活発になっているという話ですよ」

「それは困ったことではないか」

「ですから、いまは城下が殺伐《さつばつ》としていまさぁ」

ううむ、と千太郎は唸り声を上げるしかない。

城内で自分を廃嫡しようとする動きがあると、噂だけでは判断できず、本当かどうかそれを確かめに来たのである。

確かに江戸の町を流れ歩いていたのは間違いない。だからといって国許を蔑《ないがし》ろにしたことなどないはずだ。それは市之丞が一番知っているではないか。

——下らぬ噂を流布《るふ》した者がいる。

千太郎は、首を振った。

「まぁ、一度見てみたらどうです。そうしたら、どうして俺たちが山賊なんぞやっているかがわかるにちげぇねぇ」

「試してみよう」

千太郎は、そう応じるしかなかった。

「だけど、その格好ではいけません」

いわれてみたら旅姿は解いたものの、町中を歩くには、目立ちすぎるだろう。着替えなど城下に入ったらどうにでもなると思っていたから、それほど替えは持っていない。

「じゃあ、あっしの古着を着ますか」

「お前の古着か」

「いまのような、どこぞの身分高き格好よりはましでしょう」

「しょうがあるまい」

こうして、千太郎は伝八の古着を着ることとなったのである。

親分の部屋がある。

大部屋のとなりにある部屋だ。

いま、その部屋は千太郎が使っている。伝八は自分が大部屋に行くとみんなが遠慮してしまうからといって、外にある建物に移っていた。娘の梓が寝泊まりしている小屋である。

そこに行って、着替えをひと抱え持ってきた。

「ちょっと待て、これはなんだ」

「あっしがいまから二年前に着ていたやつですよ」

「これは、熊の毛皮か」

「あったかくて、たまりませんぜ」

にやりとした伝八は、うれしそうに着替えを手伝う。

終わると、ちょっと短めの丈《たけ》に熊の毛皮の袖なし羽織という、立派な山賊の姿ができあがった。

「これで本当の山賊だ」

伝八はうれしそうだが、千太郎は苦笑いするしかなかった。

「もっとも、このほうが正体がばれずにすむ」

「おや、正体を知られたら困るような身分なんですかい。まぁ、ただの人とは思えませんが」

「なに、気にするな」

「とにかく城下に出てみましょう。それにしても、親分……親分はなにか城下で知りたいことがあるんじゃねぇですかい」

「大したことではない」

「そうですかねぇ。大したことではない、という顔じゃありませんが、まぁ、いいでしょう」

二十人近くの手下をまとめるだけあり、伝八は鼻が利くようであった。

「あっしと、若いやつを連れて行きましょう」

伝八が同行に選んだのは、とん吉《きち》という男だった。本名は冬吉《ふゆきち》らしいが、みんなはとうきち、からとん吉に変わっていったという。

「まぁ、あまり賢いとはいえませんが、元気だけは誰にも負けません」

呼ばれてきた顔を見ると、山で襲ってきた最初の若者だった。生まれは下総の海辺で、気の荒い漁師の親のもとで育ったためか、子どもの頃から喧嘩ばかりしていたという。

家族ももてあまして、江戸の寺に預けようとしたのだが、ひとりぼっちになるのが嫌で、連れて行かれる途中で逃げ出した。

どこに向かっているのかもわからずに、うろうろしているときに、伝八と会った。

そして山賊の一味に入ったというわけである。

　年齢はまだ十九歳になったばかり。

　漁師町生まれのせいか、それとも若いせいか血の気の多いのが玉に瑕《きず》だが、伝八のいうことは親以上に信じて聞く。

「奴はあぁ見えても素直なところがある」

　と、伝八は気に入っていた。

「行けといわれたら、火の海だろうが地獄だろうが、針の山だろうが突っ込んでみせますぜ」

　とん吉は千太郎の前で大口を叩く。

「こいつは稲月の町を知り尽くしていますからね、重宝《ちょうほう》しますよ」

　伝八は太鼓判を捺《お》した。

　誉められて、とん吉はへへと嬉しそうに笑う。えくぼができたせいか子どもっぽい顔を見せながら、鼻の下をかいていた。

　久々の城下だった。

　もちろん江戸とは規模が違うが、千太郎にしてみると、遜色がないほど整然とした自慢の町並みだ。それは先祖たちが整えてきた。街路樹が歩く人々の心を癒し、殺伐とした気持ちで領内に入ってきた旅人などにも柔らかさを与える、と思っていた。

ところが――。

「これは……」

城下に向かう表街道から、一歩町並みに足を踏み入れたとたん、千太郎は思わず足が止まってしまった。

思い描き慣れ親しんでいた町並みとは天と地ほどもかけ離れた街路が、そこに浮かび上がっていたからだった。

道幅が狭くなっているように思える。

道の端が塵《ちり》だらけになっているからであった。よく見ると、塵だけではなく枯れ葉も溜まっている。反故《ほご》紙のようなものがどこからか飛んできて、舞っている。積み荷は傾き、天水桶の陰には不届き者が捨てたのか、腐った野菜くずや、何かの食べ残しまでが捨てられている。

「どうしたのだ、これは」

啞然とした千太郎は、目を疑う。

「ねぇ、ひどいものでしょう。山賊のほうがまだ秩序ある生活をしてますよ」

伝八は、城内ががたがたしていると、町はこうなると呟いた。

「塵溜め以下に成り下がってまさぁ」

いまは春だからまだそれほど臭気はないが、夏だったら、鼻が曲がってしまうことだろう。

野菜を積んで大八車が通りを過ぎようとした。

すると路地から浮浪児らしき子ども数人が駆けつけて、積んでいる大根を後ろから数本抜いて逃げた。

「あんなことは、以前はありませんでしたがねぇ」

伝八は、それもこれも江戸で遊び呆けている若殿がいけねぇ、と吐き出しながら、拾った小石を浮浪児たちに向けて投げた。まだ抜き取ろうとする子どもがいたからだった。

子どもたちは千太郎たちの目を認めたが、まったく悪びれる様子もなく、逃げ去った。去り際《ぎわ》には、声を出さずに、ばかやろうと口だけ動かしている者もいた。

「俺も以前はあの連中と変わりなかったなぁ」

とん吉が呟く。

「山賊はあんな泥棒みてぇなことはやらねぇ」

本気らしいところに千太郎は苦笑するしかない。

呆然としている千太郎を見て、伝八は大丈夫かと問う。

「あまり大丈夫とはいえんな。こんな状態ではさぞかし町民たちも困っているのであろうなぁ」

「城内が地すべりのようになってますからねぇ。それで収拾がつかなくなってしまってるんでさぁ」

「とにかくもう少し、城のそばまで行ってみたい」

「それはちょっと難しいかもしれません」

「なぜだ」

「よそ者は、あるところから城には近づけないように定められてしまったからです」

「その理由はなんだ」

「さぁねぇ。おおかた公儀の隠密でも入ってこられたら困るとでも考えた上じゃありませんかね」

「公儀隠密……」

一概に否定はできない。

イヌワシは公儀との関わりはないだろう。だが、この城下を見ると稲月ではなにか異変が起き、破綻《はたん》が始まっていると思われても仕方がないだろう。

公儀がその裏を探ろうとしても不思議ではない。跡継ぎ問題の火種までくすぶっているとしたら、探られても不服はいえない。

それがこの城下の荒れようの原因になり、侵入制限のお触れに繋がっているのか……。

千太郎は、腕を組んだ。

「町の者の声を聞きたいのだが」

「町の者……。どうしてそこまでこの城下に肩入れするんですかねぇ。この町はもうすぐ終わりますよ」

「それでは困るのだ」

「なぜです」

「はて、それはまぁおいおいわかるときがくるであろうなぁ」

「なんだか意味深《しん》ですねぇ。まぁ、いいや。どんな連中の声を聞きたいんです」

「そうだな。商家、それとどこか長屋の者たちなど。この城下を好きな人たちだ」

「いま、この時期にそんな連中を見つけ出すのは難しいかもしれませんぜ」

「昔からこの町で生活をしている者なら見つかるだろう」

「どうだい、とん吉」

声をかけられたとん吉は、へぇと肩や胸をかきむしりながら、

「そういうときは賭場《とば》に行くのが一番です」

「賭場などがあるのか」

城下にそんな場所があるとは知らない千太郎は驚いている。

「まぁ、いまから三年くらい前まではそんな場所はなかったんですけどねぇ」

「知らなかった……」

どうやら町の荒廃は想像以上らしい。

「それだから、山賊も捕まることなく商売になるんですけどね」

肩を揺すりながら伝八はいった。

千太郎は、眉をひそめるしかない。

四

賭場というから殺伐《さつばつ》とした場所を想像していたのだが、賭けを楽しむというよりは、世間話をして楽しむような雰囲気だった。

場所は城下の北はずれにある浄照寺《じょうしょうじ》という名の寺の宿坊だった。

盆茣蓙《ぼんござ》は小さく、江戸で開かれている賭場に比べたら、ささやかなものだった。

それほど大きな寺ではないが、部屋から外を見ると、真ん中にひょうたん型の池が見え、それを取り囲むように林や背の低い草木が並べられた回遊式の庭園だった。

以前、千太郎も一度ここで座禅を組まされたことがあるのを思い出した。まだ五歳と幼き頃の話だ。

そんな寺で賭場が開かれていることに、暗澹《あんたん》としてしまう。

客は四人いた。

「たまには、こうやって息抜きをしないとやってられません」

でっぷり太った呉服屋だという男はため息をついた。

その顔は見たことがある。たしか稲月家の御用達《ごようたし》になっているはずである。とん吉は耳元で矢作屋重太郎《やはぎやじゅうたろう》だ、と囁いた。

「今日は、どういうわけか人が多いなぁ」

細面《ほそおもて》の胴元《どうもと》が喜んでいる。歳は三十くらいか。

とん吉から聞いたところによると、以前は寺男だったらしい。名を佐多六《さたろく》といい、町が荒廃するにつれて、どこかで愚痴《ぐち》をこぼしながら、日頃のうっぷんを晴らすような場所ができないものかと考えた。

その結果、生まれたのがこの賭場だというのである。

千太郎にしてみると、なにも賭場にする必要はないだろうと忸怩《じくじ》たる思いがするのだが、

「人間、心が荒《すさ》んだときには賭け事で発散するのが一番だ」

という現住職、法心《ほうしん》のひとことで佐多六は清水《きよみず》の舞台から飛び下りる気持ちで、賭場を開いてみた。

過去に経験があるわけではない。そこで、稲月の領地から離れたところで何度か経験をしてきただけだという。そのせいか、つぼを持つ手もおぼつかない。

「まぁ、お遊び場と考えてください」

そういって佐多六は、ここを開いた。

ただし、気心が知れた者でなければ仲間にはしない、という不文律をつくっているという。

この賭場に初めて入るためには、紹介者がいる。とん吉はこの矢作屋重太郎の娘を助けたことがあるという。

道端で、娘がよそ者ふたりに絡《から》まれていたところを、通りかかったとん吉が、こて

んぱんにやっつけたというのだ。

千太郎の前では、得意技の突きも効果はなかったが、よそ者のごろつき相手なら、力を発揮したらしい。

それ以来、矢作屋との付き合いができた。もちろん、とん吉が山賊の一味とは知らない。せいぜい遊び人だろうと思っているだけだという。

とん吉自身も、それらしい会話でごまかしているのだった。

ひとしきり賭場の雰囲気を楽しんでから、千太郎はとん吉に矢作屋を表に出せないか尋ねた。訊いてみましょうと頷き、矢作屋にとん吉は声をかける。

なにやら囁き合っているが、千太郎や伝八には聞こえてこない。ときどきふたりに目を向けながら、会話を交わしていたが、やがてとん吉が千太郎を見て、小さく頷いた。

千太郎が矢作屋から話を訊こうと思ったのは、稲月家の御用達だからである。それなら家の事情にも詳しいだろう。

矢作屋重太郎は、一緒に賭場から出た千太郎の顔を見てかすかに目を細めた。

「あの……」

「なんだな」

「どこかでお会いしてましたでしょうか」

「いや、初めてだと思う」

「これは失礼いたしました。ちょっと以前、どこかでお会いしたような思いがいたしましたもので。失礼の段、お許しください」

「なに、私のようなぼんやりした顔つきはどこにでもあるようでな。たまに同じように訊かれることがあるのだ。気にするな」

出立ちには合わない言葉づかいに怪訝な目つきをしたが、

「ほほほ。それはまた、ご冗談を」

矢作屋は屈託のない男だった。

これなら、稲月家の内情を訊いたら教えてくれるかもしれない。

ただ問題は、すんなり話をしてくれるかどうかだ。御用達という立場上あまり悪いことはいわないという心配もある。

伝八も会ったことがあるのか、ふたりは軽く会釈を交わしている。とん吉とはどんな関係と告げているのか。矢作屋としてもまさか山賊の親分とは思っていないだろう。

浄照寺の賭場を出ると、松の木が数本並んでいる通りに出た。そのあたりは、寺や武家屋敷が並んでいるために、庭に植えられた木の枝が表通りにまで伸びて、まるで鎮守《ちんじゅ》の森が横並びしているようだ。ときどき風に木々が揺れて、一見すると優雅な町並みである。

矢作屋重太郎は、少し戸惑ったように右手で道筋を示しながら、

「私が懇意にしているお店ならすぐそこにありますが」

「どこでもよい」

千太郎は答えた。

千太郎の言葉で、四人は通りから少し右側に入った一見林と思えるような入り口のある場所に入った。

どうやら料理屋のようだ。矢作屋は慣れた態度で女中たちにてきぱきと指示を与える。

すぐ座敷が用意されていく。

膳が並び、海の幸が大皿に鎮座している。

「な、なんだこれは」

とん吉は素《す》っ頓狂《とんきょう》な声をあげた。

伝八は座り方を忘れたような目をしている。

千太郎は、皆の動きを見ながら、微笑んでいる。じつは大皿に並べられた魚は千太

郎が幼き頃、好物としていたものだったのである。

その横に、ふた切れ、卵焼きが小さな皿に盛りつけられていた。

矢作屋の横顔を見た。しれっとしたその顔はなにも知りませんとでもいいたそうである。

――矢作屋重太郎、なかなかやるものだ……。

稲月家の若殿と気がついていたのだろう。言葉で告げるのではなく、料理を見せることで、思いを告げようとしたに違いない。

「矢作屋……」

千太郎が声をかけた。

「さぁさぁ、早く食べながら話でもしましょう」

まったくの無視である。千太郎は苦笑するしかない。

酒が運ばれてきた。

「こんな刻限から酒か、と思うかもしれませんが」

「いやいや大歓迎だ」

伝八、とん吉の山賊ふたりは手を叩いている。

「江戸にはお家の若殿がいるのですがね、これが噂ではめっぽう大どじ、大まぬけという話です」

苦笑する千太郎を、矢作屋はまるでよそ者と同じように扱っている。

「つまりは、稲月家の若殿がいまのような城下にしてしまったといっても過言ではありません」

山賊のふたりは、矢作屋がいきなりなにを言い出したのか、という目つきをしながらも、うんうんと頷いている。

矢作屋の言葉を聞いて、伝八もだまっていられなくなったのか、話を継いだ。

「会ったことのねぇ若殿を貶《おとし》めるようないいかたはしたくねぇがなぁ、そんな若殿でなかったら、こんな荒れた城下にはなっていなかったはずだ」

とん吉も杯を置いて、

「ご家老さまがいろいろ配慮しているのは、若殿が江戸で遊びほうけているからでしょうねぇ」

「ご家老とは誰のことだ」

「佐原《さはら》さまですよ」

「やはり……佐原……市之丞か」

「ご家老さまを呼び捨てにするとはさすが親分」

とん吉の言葉に、矢作屋がはてなという目をする。

「親分とは、なんのことです」

「いや、なに、気にするな。このふたりから見ると、そう感じるらしい」

「さようですか」

重太郎は別段、追及はしなかった。

「そのご家老はどんな政策を始めたというのだ」

小首を傾げながら千太郎が問う。

「ですから、若殿の跡継ぎを廃嫡させる策ですよ」

「なんと」

思わず、千太郎は天井を仰いだ。染みが見えて、その形がなぜか稲月家の領地の形に見えた。

「佐原さまは、お若いのにやり手といわれています」

「…………」

「たしか、国家老筆頭の野川《のがわ》さまが後ろ盾になっているという話を聞いたことがあります」

「野川威一郎《いいちろう》か……」

この男は、筆頭家老になる以前から弟派と目《もく》されていた。弟の守役《もりやく》だったからである。

弟の幸二郎《こうじろう》を跡継ぎにしようとするには、江戸における千太郎の悪評は、渡りに船なのだろう。だからといって市之丞が野川一派についたとは解《げ》せない。

本当に弟側に与《くみ》したのだろうか。

お志津の件がそこまで市之丞の心を蝕《むしば》んでしまったということなのだろうか。

やはり一度、本人に会って訊かねばならない。本心を吐露《とろ》してくれたら、千太郎が知らぬ事実が明かされるかもしれない。

「その佐原市之丞に会うことは叶うだろうか」

千太郎が矢作屋に問う。

「ご家老さまに、お会いしたいというのですか」

伝八は、無謀なといいたそうな目つきで問うた。

「叶わぬか」

しばらく、なにやら口のなかでぶつぶつと呟いていた伝八だったが、

「わかりやした。親分の意向ならしょうがねぇ」

その言葉に、とん吉が慌てる。

「ですが親分」

　思わず昔の癖が出た。

「馬鹿者。俺はもう親分じゃねぇ。とにかくご家老さまと会えたらいいんですね」

　千太郎に念を押した伝八に、

「できますかねぇ、そのようなことが……」

　重太郎は、疑いの目を伝八に向ける。

「なに、造作もねぇ」

　そういうと伝八は、とん吉に耳を貸せといってなにやら耳打ちを始めた。

「え……はぁ……なるほど」

　なにを喋っているのかわからないが、とん吉の顔は目尻が上がったり下がったり、口が尖ったり、歪んだり。目が開かれたり、閉じたり。まるで百面相である。

「へへへ。それは面白そうだ、やりましょうやりましょう」

　とん吉の肩に力が入った。

五

その翌日から、山賊の手下が動きだした。

といっても、いつもの山賊姿ではない。ある者は出稼ぎにでも来たように、背中に大きな荷物を背負って歩きまわる。

ある者は、いかにも破落戸《ごろつき》といったふうに強面でぶらぶらし始める。ある者は浪人姿。またほかの者は夫婦に化けて買い物などをする。夫婦といっても、女は梓ひとりだけだから、小柄な手下が女に化けているのだ。

なにをしているのかと問う千太郎に、伝八はまぁまぁ、仕上げをごろうじろと笑って答えない。

市之丞をどうにかするのだろうとは想像がつく。だが、手下たちはなにをしているのか。

しばらく目をつむってみた。

「……まさか、お前たちひょっとして」

「へへへまぁ、おそらくは気がついていると思いますがね」

「むむむ、私は知らぬことにしておこう」

「それは無理です」

「なぜだ」

「親分の命令だと伝えてありますから」

「むむ、まぁ、お手柔らかに頼む」

「悪いようにはしません」

にやりとする伝八であった。

そして三日経った——。

隠れ家の裏で剣術の稽古に励んでいた千太郎が呼ばれたのは、午《うま》の刻をわずかに過ぎた頃合いだった。日射しは春とは思えぬほど暖かく、汗が額を伝わる。

千太郎の前に立ったとん吉が、にやにやしながら、

「連れて来ましたぜ」

「佐原市之丞か」

「顔は見たことがねぇから、はっきりしませんが、おそらくその佐原市之丞にまちげぇねぇと思います」

誘拐してきたのか、と問おうとしてやめた。手下たちが城下を徘徊《はいかい》していたのは、

それが目的だったのだ。伝八ならそのくらい朝飯前だろう。

第一、市之丞がだまってこんなところまで伝八たちの誘いに乗って来るとは思えない。力ずくなのは間違いないだろう。

「すぐ戻ろう」

「ご家老とは顔見知りなんですかい」

「……私の名でも伝えたのか」

「千太郎という名前を出したら、それまで大暴れしていた野郎が、急にぴたりと背中を伸ばしましたからね。親分……以前はよほどの悪党だったか、それとも稲月家に仕官でもしていたか、そのどちらかだと睨みましたが、どうです」

「……会おう」

千太郎はとん吉の問には答えず、片肌になっていた肩に袖を通した。

熊の毛皮が敷かれている部屋に市之丞は座っていた。家老になってから市之丞はどことなくやつれたように見える。

「あ……」

千太郎が部屋に入ると、肩をぴくりとさせ、かすかに身動《みじろ》ぎした。懐かしそうな面持ちはなかった。むしろ迷惑そうである。すぐ目を外《はず》したのは目を合わせたくなかったからだろう。

「久しぶりだな」

部屋の隅に置かれている火鉢で鉄瓶がちんちん音を立てている。お湯が沸騰しているのだ。

市之丞は、鉄瓶に目を向けてから、

「なにをしに戻ってきたのです」

「これは辛辣《しんらつ》な。城下に不穏な動きがあると聞いたのでな」

「よけいなことはやめてもらえませんか」

「それはまた辛辣な」

「私のやることに邪魔をしないでください」

「目的はなんだ」

「なんの話です」

「幸二郎を跡継ぎに推《お》しているそうではないか」

「江戸で遊び呆けている人を主君と仰ぐことはできません」

その言葉が本心から出ているのかどうか。千太郎には判断ができない。なにしろ目をずっと外しているからだ。

千太郎はじっと市之丞の体を見つめている。そこから本心を探り出そうとしているのだが、なかなか見破ることができない。

「こちらに戻ってから、本心を隠す腕を上げたようだ」

「なんのことやら……」

「まぁ、よい。ところで幸二郎は息災《そくさい》か」

「あなたさまより」

「ふ……徹底しておるな」

「もちろんです。そうでなければ、跡継ぎさまを替えることなどできません」

「なるほど」

手下たちは誰も座敷に入ってこない。伝八が抑えているのだろう。そうでなければじっとしているような連中ではない。

「とにかく、江戸にお帰り願います。ご城下で江戸と同じような勝手な振る舞いをされたのではたまったものではありません」

「……お志津は可哀相なことをした」

「そのような哀れみの気持ちがあるのなら、どうぞ江戸へお戻りください」

市之丞の言葉と態度は石のようだ。

「賭場を解禁したらしいが、誰の意見だ」

「もちろん、私です」

「本当にお前が？」

「ですから、私は変わりました。もうこの世に信じるものなどないと知ったのです。人を信じたら裏切られ、踏みつけられるのがこの世だと」

「だから賭場を解禁したというのか」

「人は、賭け事が好きなのです。それなら解放させたほうが、人の気持ちは荒《すさ》まずにすみます」

ううむ、と千太郎は唸るしなかい。

「人に踏みつけられるより、踏みつけたほうがいいのです。賭け事はそういう場所です。人の本性が出る場所です。無理に押さえつけたほうがかえって危険と判断しました」

「そのとおり、といいたいところだが。賭け事の嫌いな市之丞がどうしてそんな考えになったのか」

「ですから、人の世などそんなものだと知ったからです」

石になった市之丞の言葉や態度に変化はない。顔もまるで能面である。以前の快活だった頃の佐原市之丞とはまるで別人である。

「後ろ盾がいるそうだが」

「そのようなかたはいません。すべては私の一存で遂行しています」

「だが、筆頭家老がおるではないか」

「野川さまのことでしたら、私とはほとんど一心同体《いっしんどうたい》……」

「以前は私にも似たような言葉を使っていたと思うが」

「ときとともに人は変わります」

外でかたんという音が聞こえた。

手下の誰かが、戸口で聞き耳を立てているのかもしれない。それに気がついた市之丞が、立ち上がった。

「そろそろお暇《いとま》を」

「また会うときもあるであろう。それまで息災でおれよ」

「……いまからでも江戸にお戻りください。そして少しは謹慎していてください。そうしたら潮目が変わるときがくるかもしれません」

「ほう……」

その真意はどこにあるのか。

千太郎は、能面の市之丞をじっと見つめると、その頬がかすかに蠢《うごめ》いた。

若い頃は一緒に国許の野原を駆け回った仲である。そんな市之丞がまさか自分を廃嫡する側に立つとは夢にも思ってはいなかった。その裏にイヌワシがいるのか、それとも、やはりお志津の一件が大きく尾を引いているのか。

「市之丞。お前の考えは受け止めておこう。だが、私は自分が跡継ぎから降りる気はない。お前が敵ならそれは仕方がないと諦めよう」

「それがよろしゅうございます」

失礼いたします、と囁くと市之丞は立ち上がり、部屋から出て行った。

入れ替わりに、伝八が眉がくっつきそうなほど眉間にしわを寄せて、入ってきた。

「どうなりました」

市之丞の能面顔は伝八の前を通り過ぎるときも変化はなかったらしい。

「お前が聞いていたとおりだ」

「これはしたり。私はこそ泥のような真似はしてません」

「そうか」

もし伝八が聞き耳を立てていたとしたら、千太郎の正体がばれてしまったことになる。だが伝八の態度には、そのようなところはなかった。

まだ、正体はばれていないらしい。もしそうなったらそのときのこと。伝八を敵と戦う仲間に引き入れようという考えもあった。だが、いまのところそこまで切羽詰《せっぱつ》まった話にはなっていないようだ。

そこにとん吉が入ってきた。腰に刀を差している。

「親分、あの野郎、城下に戻す前に、どこかで斬ってしまいますか」

「そんなことはしなくてもよい」

「しかし、あの野郎が実権を握ってから、城下があんな荒んだことになりました。やろうが消えたら、元の美しい城下に戻るかもしれません」

「問題は江戸の若殿だろう」

「へん、そんなものは野郎たちの勝手な言い草でさぁ。江戸の若殿がどれだけ馬鹿かあっしたちには関わりなんざありませんや」

そうだそうだ、と伝八も頷きながら、

「江戸の話はどこまで本当のことか、あっしたちには判断することはできねぇ。若殿が馬鹿殿だといわれたら、はいそうですか、と聞くしかねぇ。ひょっとしたらすげぇ名君になる人かもしれねぇ。ようするに、筆頭家老たちが画策して、弟君を跡継ぎにしてぇ、それだけのことでしょう」

「なるほど」

町にそのように考える人たちがいるのは心強い。

いざとなったら伝八たちが助けてくれるかもしれない。

千太郎は、ふっと笑みを浮かべた。

「親分、なんですいまのは」

「はん、なにかしたかな」

「笑いました」

「うれしかったのだろう」

「……不思議なおかただなぁ、親分は」

「ただの目利きである」

「ほら、その物言いですよ。まるで、どこぞのお殿さまだ」

そういいながら伝八ととん吉は目を合わせながら、わっはははと笑った。

――これなら、なんとか敵と戦うことができるかもしれない。

それには強い心を持ち続ける必要がある。

千太郎は、改めて心に誓った。

六

梓が部屋口で顔を半分見せている。こちらを窺っているのだろう。

「梓、どうした」

伝八の言葉に梓はつかつかと部屋の中心まで進んでくると、

「あんた、偉そうに親分面しているけど、みんなから不満が出ていることも知らないのかい」

「おやそれは困った」

「ふん、そののんべんだらりとした顔と目じゃぁどうにもならないね」

「どうしたのだ」

「あたしたちの仕事は知ってるだろう」

梓の目は吊り上がっている。

「山賊だろう。だが、いまは開店休業だ」

「それが問題なんだよ。みんなは仕事がしたくてうずうずしているんだ。それをあんたが押さえているから、そのうち反乱が起きても知らないよ」

「おや、それは困った」

「ふん、そんなすっとこどっこいの顔をしたってだめさ。なかにはここから出て行くという者もいるからね」

「それは梓が押さえてくれたらいいではないか」

「以前はそれもできたけどね。親分の娘だったから。でもいまはただの手下のひとりだ。力なんかないよ」

「なるほど、では、これから力を与えよう。伝八……お前を副親分にしよう」

「それはまた……」

訝しげな目つきで伝八は千太郎を見つめる。

「私がいないときには、お前がみんなの指揮を執《と》れ」

「どういう意味です。ここから出て行って、いなくなるということですかい」

「その日が来るかもしれんからな。江戸の若殿がそれほど馬鹿だとお前はわからぬという。これからその若殿を助ける動きを取ることに決めた」

「そんなことをいったって、若殿がどこにいるかも知らねぇでしょう。無駄な話だ。あの家老が前面に出て来て、命を狙われるかもしれねぇ。だいたい、やっと誘拐してきたのにあっさりと戻してしまった。斬ってしまったら良かったのかもしれねぇ」

「それはこれからなんとかする。まぁ、私を信じるんだな」

「そんなことをいわれてもなぁ」

伝八は、なにを考えているのかといいたいらしい。

「あんた、本当に何者だい」

梓が肩を怒らしている。

「目利きだ、なんてぇふざけた答えはいらないよ」

「これは困った」

「困るということは、人にいえないなにかを隠しているからだ。だいたい、あの道などはほとんど人は歩かない。だから山賊に襲われてしまっても仕方がない、と思っている凶状持ちとか、誰かから逃げてしまいたいと思っている者とか、そんな連中しか通らない場所だ。そこを歩いていたのだから、なにかあるはずさ」

「ほう、なかなかの慧眼《けいがん》」

「ふん、そんな言葉でごまかそうたってだめさ。そのうちその正体を暴いてやるからそのつもりでいな」

梓はそう吐き出すと踵《きびす》を返した。

「まったくどうしようもねぇ娘だ」

伝八が手を挙げて、

「あの娘には万歳するしかねぇ」

「いやいや、あの娘にはあの娘なりの考えがあるのだ。見守ってやろうではないか」

千太郎は、少し城下を歩いてこよう、と立ち上がった。とん吉がすぐお供します、といって追いかけてきた。

城下への道を歩きながら、とん吉は数歩後ろを歩く。

「さっき、あの家老をかどわかした後ですからね。どんな連中が待ち伏せているかわからねぇ」

「なるほど、慎重なのだな」

「親分を守るのは俺達の仕事ですからねぇ」

「だが、心配はいらぬ。私は強い」

「もちろん、知ってますよ。あっしの突きをあっさり躱したお人だ」

腰には、短めの刀を差している。

「でも、敵はどんなきたねぇ手を使ってくるかわからねぇ」

「私に敵はおらぬぞ」

「そうは見えませんや。稲月の御家中とどんな過去があるのか知りませんがね、なったばかりの親分を死なせたとあっては、俺たちの名折れだ」

「ありがたいとは思うが……」

と、後ろからまた足音が聞こえてきた。

振り返ると、伝八が浪人の格好に着替えて狭い道を駆け、こちらに向かっている。

追いつくと、

「家老をかどわかしたんだ、なにが起きてもおかしくはねぇでしょう。油断はいけねぇ。ひとり歩きなんざもってのほかですぜ」

思わず千太郎は笑い転げた。

「さすが親分子分だ。同じ科白《せりふ》で追いかけてきたぞ」

伝八の浪人姿はなかなか堂に入っている。赤柄の一本差しが、春の光にも映《は》えている。

「馬鹿やろう、抜け駆けしやがって」

伝八が、とん吉のあたまを張り倒す。

「へへへ、親分も来たじゃねぇですかい、おっと、副親分だ」

にやつくと、伝八にまた睨まれた。

下り坂を歩いていると、いきなり小石が飛んできた。

千太郎は、その石つぶてをひょいと頭を下げて躱す。ガサガサという音が遠ざかっていく。

「梓です……」

すなまさそうに伝八が頭を下げた。

「なかなか鋭い石つぶてであったな」

「子どもの頃から仕込みました」

三人は、芽吹き始めた木々の間を下りていく。

風はそれほどないから歩きやすい。だが、これから城下では、敵がどんな魔物に顔を変えて襲ってくるのか。

イヌワシは爪を研《と》いでいることだろう。

敵の動きを探る難しさを、千太郎は心のなかで憂いていたのであった。

第二章　あぶりだされた敵

一

「これが稲月の御城下……」

呟いた旅姿の娘——。

ひとりで江戸を発ち、稲月の城下に入った由布姫であった。

道筋がきちんと区分けされているが、一見なにもなさそうに見える角かどに置かれた天水桶《てんすいおけ》の後ろには、ひっそりと外を窺うことができるような部屋を設《しつら》えた家が建っている。おそらくは、敵の侵入をいち早く見つけることができる工夫だろう。

戦国の世とは異なるが、このような見えない仕掛けが残されている城下は、稲月だけではない。

主なる街道から城下に入れるような通りには、物見櫓《やぐら》などが設置されているのだ。他国の隠密、あるいは公儀隠密などが入り込んだときには、すぐさまそこから城へと注進される。

「一筋縄ではいかない城下ね……」

千太郎の国許だ、そのくらいの用意がされていても驚かない。

「それにしても……この荒れようはいかなること……」

通りの端には不届き者が捨てたのか、野菜の葉っぱのような塵が臭気を発している。それだけではない、枯れ葉に混じって、汚れた端布や欠けた丼なども、道端に転がっていた。

「こんな町だったわけがない……」

千太郎から聞かされた稲月の城下はもっときれいで、町人たちも働き者だという話だった。しかし町人はどこかくたびれた顔つきの者が多かった。

若い娘たちの顔も華やいだ雰囲気はない。なんとなくうつむき加減で歩いているのである。

「どうしたということでしょう……」

由布姫の顔は曇る。

主街道をまっすぐ行くと、大きな十字路に出る。その右側には櫓が建っていて、外から入った人たちは、この大櫓を見て、

「あぁ、稲月に着いたのだ」

という感慨にふける。

だが、いまはその櫓もどこか煤《すす》けているために、それほどの感動は浮かんでこなかった。むしろ、悲しい気持ちにさせられてしまう。

——嫁《とつ》ぎ先の国許がこれではたまらない……。

思わずひとりごちた。

由布姫が向かったのは、田安家と関わりのある浜丸屋《はままるや》という呉服屋であった。主街道から外れてはいないために、すぐその看板を見つけることができた。

訪《おとな》いを乞うと、主人の富八郎《とみはちろう》が足をもつれさせながら現れた。

「姫様……お久しぶりです」

「その呼び名はやめておくれ。雪と……」

「はい、雪さまですね。それにしてもどうしてこのようなところへ。それもおひとり旅という話ですが」

「なに、誰か隠密がついているはずです」

公儀が姫をひとり旅にさせるわけがない。

奥の客間に落ち着くと、由布姫はすぐに、

「ところで、どうして稲月の町はこんな荒れ放題になってしまったのです」

「それは……」

「跡継ぎ問題があると聞き及びました」

「江戸の若殿が……」

「気にすることはありません。千太郎さんは私の許婚です。でも、噂になっているような おかしな若殿ではありません。いつも一緒にいた私が一番知ってます」

「一緒にいたというのですか」

「長い話です」

「……それならお聞きするのは控えますが、姫様のことです、それなりのお考えがあってのことでしょう」

必要以上の内容は問い詰めないという顔である。

「すまぬ……」

「いえいえ。ですが千太郎さま廃嫡の陰謀は粛々《しゆくしゆく》と進められています。私には詳しい中身まで知る由もありませんが……」

「では、イヌワシという言葉を聞いたことがありますか」

「はて……なんのことでしょう」

浜丸屋富八郎は、首を傾げるだけだ。

由布姫は、少し町中を歩きたいと富八郎に告げた。いまの城下は破落戸《ごろつき》も多いしなにが起きるかわからないから、やめておいたほうがいいと止める。だが、それくらいで怯《ひる》むような姫ではない。

「それならなおさらどんなことが起きるか試してみましょう」

「……相変わらずですなぁ」

「雀百までですね」

悪戯《いたずら》っぽく笑みを浮かべる由布姫に、富八郎は肩を落とすだけであった。

賭場でなにか新しい噂でもないか探ってみるという伝八、とん吉のふたりと別れた千太郎は、街道筋からはずれて掘割の近くを歩いている。そこから見える天守は三層である。

——あの一番上からよく下を見ていた……。

高いところは苦手だが、米粒のような人の流れや城下を見て、自分が治めることになるのかと、どきどきした頃を思い出す。

城の周りを囲む堀には、夏になると小さな舟を出し、舟遊びなども楽しんでいた。通路側からは蓮の花や水草などの生えている光景が見られたはずだ。

だが、いまは水草も秩序なくいい加減な生え方をしているようだった。

水鳥はいるが、風情《ふぜい》のある景色ではない。

──困ったものだ……。

天守も本来なら城下から見えるはずだが、いまは鬱蒼《うっそう》とした森のなかに隠れていた。

これでは、街道から入って最初に天守を見ることはできない。

旅人はあの天守を目に入れることで、稲月の繁栄を目にすることができるのだが、それもできない。

気のせいか、あちこちから行商に来る人たちの数も減っているように見えた。

そんななか、娘がひとりで歩いている後ろ姿を見つけた。

──おやおや、あれは……。

見慣れた後ろ姿だった。

懐かしさがこみ上げてくる。

それにしてもあの歩き方は危なっかしい。周囲を見回してはいるが、警戒するというよりは興味を引かれた植物などをぼんやりと見ているだけだ。いくら小太刀の名人だとしても、囲まれてしまったら逃げ場を失うだろう。

千太郎は後ろからそっと近づいた。

ふっとうなじに息を吹きかけた。

それでも、娘は知らん振りをしている。千太郎が後ろから近づいたことにはとっくに気がついているのにである。

「ふぅ」

もう一度息を吹きかけた。

「みぃ……」

「これはやられた。ひぃ、と最初にいうべきだったかな」

「きぃー。この薄情者！」

振り向きざま、由布姫は千太郎の顔を引っかこうとする。手でそれを払いのけて、

「まぁまぁ、話を聞いてください。姫を巻き込みたくなかったのですよ」

「そんな言葉に騙されません」

「騙してなどいない。本当のことだ。この城下を見たら、この稲月でなにが起きているのか、だいたいは予測がつくのではありませんか」

「だからといって、一緒に行く約束を反故《ほご》にしていいという理由にはなりません」

「いま、一緒なのだからいいでしょう」

「また、そんな言葉で騙されてしまいそうです」

「ですから騙してなどいませんよ」

「口がうまいものです」

「そんな膨れ面はやめて、楽しみましょう」

「いまは、どこで暮らしているのです」

「それが、いま私は山賊の親分なのです。山道で襲われてそれを打ち払ったら、その強さを見込まれてしまったのですよ」

「山賊、ですか……千太郎さんに似合いそうです」

「おや、そうかな」

「ぴったりです。その口八丁手八丁は」

「手八丁はわかるが、口八丁とはこれいかに」

いつものふたりが戻ってきた。

それでも千太郎は、由布姫が娘姿そのままでいることに危惧する。市之丞たちの手の者に見つかったらまずい。

「姫……その格好は替えよう。若衆姿になったほうがいいでしょう」

「そんなに危険なのですか」

「市之丞が私の命を狙っているかもしれない。それに姫が巻き込まれるかもしれない」

「まさか」

「本当です。どこまで本気なのかそれがよくわからないけれど……」

千太郎は、伝八たちがかどわかしてきたとはいわずに、市之丞と会ったときの話をする。

「あの市之丞が……」

由布姫は、目を細めて言葉を失っていた。

「いつまでもこんなところにいては危険だ。姫はどこに投宿しているのです」

「浜丸屋です」

「では、そこに行こう」

歩きだしたふたりに視線を飛ばしている娘がいた。

梓であった……。

二

千太郎は伝八たちと別れて、由布姫とともに浜丸屋の手引きで町の外れにある、寮に隠れることになった。

浜丸屋は、ここなら敵の目も届かないでしょうと太鼓判を捺した。

それに千太郎が稲月領に来ているとは知られているが、由布姫も領内に入っているとはばれていない。

伝八には、少し姿を隠すとだけ教えていた。それ以上よけいなことを話すと、心配させるだけだろう。

最初は隠れ家を離れるなと反対したが、市之丞にはこの隠れ家にいることがばれてしまったのだから、別の場所に移ったほうが安心だという千太郎の言葉に、最後は得心した。

浜丸屋の寮は周囲が堀で囲まれ、まるで砦《とりで》のようだ。もとは、侍が隠れる場所として造られたと聞かされて納得する。

寮の後ろ側は林になっていて、風が吹くと葉擦れの音が流れてくる。鳥の鳴き声がどことなくのんびりさせるような場所だった。

だからといって、油断しているわけにはいかないだろう。どこからでも敵は襲ってくる。それにイヌワシの動きが見えないのも、気になる。

浜丸屋は、ふたりだけでは普段の生活に困るだろうと、小男をひとりつけてくれた。五郎太《ごろうた》という男で、身元は確かだ、と浜丸屋は太鼓判を捺した。

確かに無口で実直な雰囲気をもつ男だった。五郎太は、寮から少し離れた納屋《なや》で寝泊まりしている。

寮の一室を使えと千太郎は勧めたが、五郎太が固辞したのである。

「おふたりの邪魔はしたくありません」

というのが答えだった。

「おかしなところでふたりきりになりましたねぇ」

由布姫はこんな場面でも喜んでいる。

林のなかにある床几《しょうぎ》に座った千太郎に、語りかけた。

「市之丞はお志津のことだけで、敵に回ってしまったのでしょうか」

「さぁなぁ」

「話をしたのでしょう」

「顔をぴくりとも動かさなかったから、その内面を探ることができなかったのですよ。あの者はこちらに戻ってから、人が変わったらしい」

「……どうでもよいのですが、その他人行儀な語り口調はやめてください」

「そうかそうか」

「もっと、まじめに」

「いたってまじめですぞ」

千太郎は、床几に座ったまま顔をついと由布姫に近づけながら、

「これが終わったら……」

と、呟く。

「終わったら？」

「そろそろだな」

「なにがです」

「もう、いつまでも遊んでいるわけにはいくまい」

「どうするのです」

「決まりきったことを訊くでない」

「私ははっきりと千太郎さんの口から聞きたいのですよ」

「いじめるな」

「女心ですよ」

「その話はまたの機会に」

千太郎はそれよりも、と顔を強《こわ》ばらせながら、

「イヌワシがどうなっているのか、まるで摑めないのが不安の材料だが……」

「そうですねぇ。お志津を斬ったのがイヌワシだとしたら。そして、私たちの命を狙っているのもイヌワシだとしたら……」

「私たちの動きはおそらく筒抜けであろう。だとしたらこの稲月に来ていると思っていなければいけない」

「ですが誰がそのイヌワシなのか、顔を知りません」

「それが一番の敵だな」

そういいながらも千太郎は、ふと眉を近づけて、

「そういえば、矢ノ倉加十郎が気になっているのだが」

「そうそう、あの者は江戸から消えたようですよ」

「消えたとはどういうことか」

「波平さんがいってました。突然、役宅ももぬけの殻になっていたそうです。まった

く姿が見えなくなってしまったらしいですよ」

「それは……私を追ってきたのかもしれない。あの男がイヌワシの一員ではないかと疑ってみたことがある。あの佇まいはただものではなかった」

「そうですねぇ」

　由布姫は、かすかに首を傾げながら、

「この城下に来ているかもしれませんねぇ」

「おそらく来ているに違いない。もしイヌワシだとしたら、という前提だが」

「恐ろしい話です」

「まったくだ」

　千太郎は、目の前に立っている由布姫を見つめる。

　春の光に、頬が染まっている。城下に着いたときは少し疲労の色があったが、いまは元の元気な様子に戻っている。

「ふむ、美しい」

「なにがです」

「姫だ」

「なにをいまさら」

「おやまぁ、そんなことを自分でいうとはなぁ。近頃は姫も相当な玉になってきたらしい」

「玉とはなんです」

「美しい玉だ。美玉だな」

「なんだか褒められているような気がしないのは気のせいでしょうか」

「もちろん、気のせいである」

「まぁ……」

しばし、ふたりの間で暗い話は冬空に飛んでいた。

そのとき、ガサガサと音が聞こえた。

「誰でしょう」

由布姫が背中を固くする。

千太郎も同じく、一旦は緊張したが、空に向かって鳥が羽ばたいたのだと気がついた。

「この稲月では鳥の羽ばたきもすごい音がしますねぇ。江戸の鳥より元気があるようです」

由布姫が驚いている。

「そうかもしれんなぁ」

鳥の羽ばたきだけで、これだけ豊かな気持ちになれるとは思ってもみなかった。


その日の夜だった。

外からとんとんと雨戸を叩く音が聞こえた。

すでに子《ね》の刻は過ぎているだろう。こんな刻限に誰が戸を叩くのだ。

千太郎はとなりに寝ている由布姫を起こさぬように、静かに搔巻《かいまき》を剝いだ。

そっと膝立ちになると、

「どうしました」

由布姫も危険を察知する才はある。搔巻から目を出して、心配そうだ。

「し……」

「…………」

「旦那さま……」

庭先から声が聞こえた。

「五郎太か、どうしたいま頃」

「おかしな音がしています。ご警戒を」

「わかった……」

かすかに雨音が聞こえている。小雨が降っているらしい。

「五郎太、お前は小屋に戻るんだ」

「しかし」

「心配はいらぬ」

はい、と小さな返答が聞こえ、足音が遠ざかる。

その歩き方はただの小者の歩き方ではない。浜丸屋が気を利かせて、元は武士だった男をつけてくれたのだろう。あるいは由布姫護衛の密偵かもしれない。でなければ、こんな刻限に怪しい物音などに気がつきはしないし、起きはしないだろう。

千太郎は雨戸をかすかに引いた。

外から小雨が入ってくる。そこでひとしきりじっと誰かが来るのを待った。

足音は聞こえない。

後ろで由布姫が起きた衣擦《きぬず》れが聞こえた。

「私は外から回ってみます」

雨戸とは別の戸口から外に出てみる、というのだった。千太郎は頷き、

「敵の数がわからないから、慎重に」

「はい……」

由布姫は、寝間着の上に一枚羽織って扱《しご》きを襷《たすき》代わりにした。いつもそばにおいている小太刀を抱えた。

「来た……」

呟いた千太郎と顔を見合わせながら、由布姫は部屋を出て行く。

千太郎は待った。

早くもこの寮を見つけられてしまったとしたら、あちこちに目をもっていると思えた。市之丞たちの手の者なのか、それともまた別口か。

いずれにしてもこんな刻限に襲おうとしているのだ、油断はできない。

かすかに敵の足音が聞こえてくる。

単独行動のように思えた。

——ひとりで襲うとはそうとう度胸のある者だな。

千太郎と由布姫の腕を知っている者なら、そんな無謀なことはしないだろう。とすると、本当の身分を知らない者ではないか、という疑いが生まれた。

——それは誰だ……。

山賊たちのなかには、千太郎が親分として君臨していることに不満をもっている者たちがいる。

そのなかの誰かが千太郎の命を狙おうとしても不思議ではない。

もしそうだとしても、こんな刻限にひとりで命を狙いに来るとは、無謀だ。

かなりの命知らずということになる。

指一本ほど開いた雨戸から覗いていると、黒い影が庭を歩いてくる姿が見えている。小柄である。

雨の降るなかである。周囲は暗い。

だが、剣先がちらちらと光って見えている。

身構えているようには見えなかった。これはもう度胸があるというより、半分やけに近いのではないか。

計画的に強襲してきたとは思えない。激情にかられて、ここまでやって来た様子であった。

三

賊の影が近くまで来た。

千太郎は、すぐさま縁側から降りて、敵の前に走った。

「誰だ」

逃げ腰になった賊の肩を摑んで、引きずり倒す。

賊の体に触れて、千太郎ははっと息を吞んだ。柔らかいのである。鍛えた体ではあるが、男ではない。

「お前は……梓ではないか」

捕えた千太郎は、驚く。小雨に全身を濡らしているところを見ると、かなり以前から潜んでいたようだった。

いつものように短衣を着ているから、かなり体は冷えたはずだ。

庭の奥から足音が聞こえた。その音は敵ではない。外側から回った由布姫だった。

逆手を取られて、濡れ縁にうつ伏せになっている梓を見て、

「こんなところに長くいたら、病にかかってしまいます。部屋のほうへ……」

由布姫が、誘った。

領いた千太郎が、後ろ手を取ったまま、部屋に引っ張り込んだ。

「殺せ」

梓は、千太郎を睨みつけてから、由布姫に怪訝な目線を送る。

「あんたも仲間か」

「仲間と訊かれても、誰の仲間なのでしょう」

「決まっている、野川とかいう悪家老の一派だろう」

「悪家老……。野川威一郎のことですね」

由布姫は、千太郎に確認の目を送る。

「野川というのは、筆頭家老だが、どうしてお前は野川を敵視するのだ」

つい疑惑の目で千太郎が問い質《ただ》した。

「江戸にいる若殿を悪者にしようとしているからだ。あの若殿は名君になるはずのお人だ。私は知っている」

「おや……お前は江戸の若殿を知っているのですか」

思わず目を丸くする由布姫を見て、

「知らない」

その返答に、千太郎と由布姫は苦笑する。

「ではどうして名君だとわかるのです」

　由布姫が確かめる。

「野川と敵対しているなら、名君だろうと思っただけだ」

「つまり、野川という筆頭家老が悪者という意味ですね」

「いまの城下があんな荒れた様子になったのは、野川という男が弟君を跡継ぎにしようとして、民をないがしろにし始めたからだ。それで、こんな目も当てられないような惨状になっている」

「ほう……それはまたどうしたことなのだろうなぁ」

　梓は、敵の様子を的確に把握しているように思えた。

「上にいる者は、民百姓のことを考えるものではないのか。それをあの野川という家老は、自分たちの保身と出世ばかりに目を向けている」

「なるほど」

「それに、野川にくっついている家老もよくない」

「その者の名はなんという」

「佐原市之丞とかいう家老だ。まだ三十前で若いながらなかなか遣《や》り手だという噂だった。それに、江戸の千太郎君の忠臣だったという話を聞いて、これで少しは政《まつりごと》もよくなるのではないかと思っていたのに……」

梓は、逆手を解かれていまは横座りになっている。腰に差した山刀は千太郎に取られているので、打ちかかる気力はないのだろう。それに雨に濡れた体は冷えているに違いない。

その体の震えを見て、由布姫が火鉢の火を熾《おこ》し始めた。

「そのお前がどうして、私たちを襲った」

「ふん、そんな甘えた声には騙されないよ」

「おやおや」

「あの佐原とかいう家老を連れて来いといったのは、ふたりで千太郎君を殺す算段でもしたかったからだろう」

「それは、また……」

「敵だとしたら、あのとき斬り殺してしまうはずだ。それをあっさり逃がした。それが仲間だという証拠だ」

「なるほど、それで私を斬ろうとしたのか」

「死ね！」

梓は、小刀を袖裏に隠していた。袖をびりりと引きちぎり、そこから取り出した小刀を構えて、千太郎に飛びついた。

「千太郎君のために死ね！」

「待て待て、私がそうだ」

「うるさい！」

「私がその千太郎なのだ。ここにいるのは、由布姫といって私の許嫁だ、落ち着け！」

「なに……いま、なんといったんだ」

「私がその千太郎だ」

訝しげな目つきで、梓は千太郎と由布姫を見比べる。

「そんな言葉で騙されはしない」

ふたたび千太郎に打ちかかると見せて、今度は由布姫に向かった。

だが、由布姫は梓の飛び込みを、体を反らせてあっさり躱しながら、

「嘘ではありません、これを見なさい」

抱えていた小太刀を梓の目の前に差し出した。

「その小太刀がどうしたというのだ」

「これです」

鞘ごと抜いて、鍔《つば》を差し出した。

「なんだい……」

どこにでもあるような小太刀とは異なると、梓も感じていたのだろう、目の前に突き出された鍔をじっくりと眺める。

「これは……葵《あおい》の紋」

「私の名は由布。千太郎さまの許嫁です。間違いありません」

「なんと……」

「どうだ、これで信用してもらえるかな。ついでに、これも見せよう」

そういって千太郎は、持っていた差料《さしりよう》を抜き、鮫皮で巻かれた柄を見せる。

「よく見てみろ」

梓は、おずおずと柄巻《つかまき》を見詰めていたが、

「これは……稲月の家紋」

「そうだ、柄巻の下に家紋が彫られているのだ。どうかな、これで本当に私が千太郎だと認めてくれるか」

「では、では……どうしてあのとき家老を斬らなかったのです」

「あの者は、私の側近であり乳兄弟《ちきょうだい》でもあった者だ。そうそう簡単に命を取るわけにはいかぬ。会いたかったのは、なにを考えているのかを知るためだった」

　梓はじっと聞いている。

　ふたりの言葉のなかに嘘があったら、すぐ反論しようというのだろう、その目は真剣だった。

「それにな、やはりどこかで市之丞を信じたい、という気持ちもあった」

「あれはだめです。目が死んでいました」

「だめか」

「腐ってます」

「そうか、腐っていたか」

　梓の言葉は辛辣だったが、突然、その場に居住まいを正すと、

「重ね重ねのご無礼、ご容赦を！」

　その場にひれ伏した。頭を畳に擦りつけながら、おいおいと泣き始めた。

「こらこら、泣かれては困る」

「悲しいのではありません、うれしいのです。やっと千太郎君《ぎみ》に会うことができたのですから」

「どうしてそこまで私を待っていたのだ」

「以前の稲月城下に戻すことができるのは、千太郎君です。幸二郎君はまだ若い。野川とかいう筆頭国家老にいいように操られるのは目に見えています」

「しかし、お前は私がどんな人間か知らぬであろう」

「山賊をやっているといろんな噂が入ってくるのです。そのなかに、江戸の若君が馬鹿だとか、民をないがしろにする主君になるというような悪い話は一度も聞いたことがありません」

「それはうれしい」

「山賊も城下の動きによって、稼ぎが変わるのです」

「それは死活問題だなぁ」

声を出して笑う千太郎に、梓は、はいと答えた。

「もう一度、山賊として稼ぎができるような城下にしてもらわねばなりません」

「しかし、いまは私が親分だ。山賊は廃業しろと伝えたはずだぞ」

「それでは、いい山賊になります」

「あははは、山賊は物盗りと同じだ。まぁ、よい。手下たちには必ず今後の生活が立ちゆくようにするつもりだ」

「親分がそういうのなら。仕方ありません」

大きくため息をついてから、梓はきりりと千太郎と由布姫に顔を向けた。

「ことが起きたときには、必ず馳せ参じます」

「そのときはぜひ頼む」

思わず、千太郎は目礼を返していた。

「だが、私たちの素性はいまのところ、皆には秘密だ。伝八にも隠しておいてほしい」

梓は、かすかに頷き、

「姫さま……火鉢、ありがとうございました」

そういうと梓は、雨戸を開けて庭に降りた。

四

雨は上がって月明かりが出ていた。

梓は、そのなかを足音を蹴立てて抜けていく。林のなかには、二つの目が光っていた。おそらくはたぬきかあるいはきつねか。

このあたりなら、そんな獣たちが出ても不思議ではない。

また、もうひとつ目が光っていることに千太郎は気がついている、五郎太である。

梓がこの部屋に入ってからも、動向を窺っていたのだろう。

「元気な娘ですね」

梓の姿が月光のもとから消えると、由布姫が笑った。

「山賊だからな」

「本当に、親分になったのですか」

「嘘ではない。だが、先ほども話したが山賊は廃業させた。いくらなんでも続けさせるわけにはいかない」

「その後の暮らしもきちんと立ちゆくようにしておかないといけませんね」

「いまは、まだ隠れ家でのたりくたりとしてもらっている」

「あら、どうしてです」

「いつかあの者たちの荒くれぶりが、役に立つ日が来る」

「そうですねぇ、でも、その日が来るのでしょうか」

「もちろんである。そうでなければ、私たちの……」

そこで、千太郎は悪戯っぽく言葉を切った。

「なんです、そのあとに続く言葉は」

「はてなぁ」

「また。そうやってごまかすのですか」

「いや、ごまかすわけではない」

「そうでしょうとも、ごまかしてなどいないのです。先送りしてるだけですからね」

「からんではいかん」

「すでにここの寮では、一つ屋根の下で寝ているのですからね」

「いや、それはまだ……」

「あら、私はかまいませんのに」

思わずのけぞった千太郎は、後ろ手をつきながら、

「敵をおびき出そう」

慌てたような言い方をした。

「野川一派は私たちの命を狙っているという噂だ。ならばこちらから仕掛けて、どんな策を練ってくるのか、それを知ったほうが早い」

「どうやっておびき出すのです。せっかく浜丸屋さんがこの隠れ家を提供してくれたんですよ」

「ここに呼び込むわけではない。少し顔を敵に見せてやろう」

「わざと、私たちはここにいますよ、と教えるのですか」

「いや、城下を歩くのだ」

「誘い水をかけるということですね」

「敵にわざと見つかるように歩く。そうすると襲ってくるだろう。敵の顔が見えるし、捕まえたら狙いなどもわかるはずだ」

「楽しそうですね」

「姫は、どんなときでも楽しもうとする、その気持ちがうれしいなぁ」

「哀しいときこそ大笑いすると、どんどん気持ちが楽しくなるものですからね」

「そんなものかな」

「そんなものです」

ふたりはまた顔を見合わせて笑みを交わす。


翌日から、ふたりは城下を歩き始めた。

それほど目立つ格好ではない。旅の者がそぞろ歩いているような雰囲気である。ときには道端で立ち止まり、また、櫓のある店などの前でも、しばし歩みを止める。

とはいえ、おおっぴらに顔を表に出すわけにはいかない。千太郎は編笠を被り、由布姫は手ぬぐいで顔を隠しながらの散策だった。

数日の間はなにごともなく過ぎた。

そして五日が過ぎたときのこと。

「来た……」

「来ましたね」

怪しい者が三人ほど、ふたりの後をつけている姿に気がついたのである。

誰かが送り込んだ刺客なのか。いずれも見たことのない顔だった。

「どうしましょう」

「少し、このまま様子を見よう」

刻限はまだ申《さる》の下刻。通りを歩く人の数も多い。そんなところでいきなり襲ってくるような真似はしないだろう。

「お堀に流れる川がある。そこにおびき出そう」

千太郎はそういうと、由布姫には少し離れているように伝えた。

「逃げる者がいたら、捕まえずに尾行してほしい」

「わかりました」

由布姫は頷き、徐々に千太郎から離れていく。

敵の三人は、しばらくこちらを窺っているようだった。千太郎かどうか確かめているような雰囲気である。なにしろ編笠を被っているのだから、顔は見えない。

それでも、千太郎だろうと確信するに至ったらしい。

——つまり私の背格好を知っている……。

そうでなければ、編笠姿で人を特定することなどできない。

そこまで考えて、千太郎は背中をぞくりとさせる。

つまりは、刺客は城のなかから放たれたということになるからである。城内には、確かに千太郎の存在を良く思っていない者たちがいるらしい。

だからといって、若殿を亡き者にしようとするなど、尋常の神経ではない。よほど後ろに強大な力が働いているということになる。

——おそらくは、野川威一郎……。

そうだとしたら、その手下たちを斬ってしまうと、あとで面倒なことになるかもしれない。

川はしだいに細くなり、それにつれて河原が広くなり始めた。

千太郎は河原に出ると、速足になってそばにある神社の鳥居まで走った。三人の足も速まる。

由布姫は途中から姿を隠していた。

三人の足さばきを見ると、それほど腕が立つ者とは思えない。

この程度の剣客しかこの城下にはいなくなったのか、と少し暗い気持ちになってしまった。どうせなら、もっと強力な剣客と渡り合ったほうが、それなりの充実した気持ちになるものだ。

弱い敵などと戦っても、益にならない。

水鳥が数羽、ばたばたと空に飛び立っていった。

鳥の羽ばたきで飛んだ水滴が、千太郎の足元にかかった。

ひょいと足先を縮めて、千太郎は編笠を斜めに投げた。

鳥居の陰でこちらを窺っていた三人が、ぐいと身を乗り出した。ひとりは鯉口《こいぐち》に手をかけている。

だが、すぐそのまま駆け寄っていいものかどうか、判断に困っているようだった。

「私になにか用でもあるのか」

千太郎は鳥居の陰から声をかける。

その声がきっかけになったのか、一度息を呑んでから、千太郎に打ちかかろうとした。問答無用という雰囲気である。

「誰に頼まれたのだ」

問いにも答えない。

懐手をした千太郎は、ついと前に出て、

「誰に頼まれた。私が稲月千太郎と知っての狼藉《ろうぜき》か」

ひとりとしてこそりとも動かない。

言葉を発しようともしない。

三人のうちひとりは抜刀術でも使うのだろう、まだ刀を抜かずに、鯉口に手を添えて腰を落としている。

三人のなかではその者が一番強いだろう。

それでも、千太郎の敵ではない。

本気で命を狙っているかどうか、という疑惑すら浮かんでくる。しかし、三人の顔を窺うと、捨て身であるのは間違いない。確実に、斬れと命じられているのだろう。

「その立ち居振る舞いは、どこぞの藩士であろう。稲月家の者か」

問いにも答えない。

千太郎から見ると、家臣たちである。

斬るわけにはいかない、と心で呟く。

だが、降りかかる火の粉は払わねばならない。

千太郎は、じっと三人のうち誰から倒そうかと思案する。抜刀術を使う者を初めに倒したほうがいいだろう。だが、そうなるとあとのふたりが自棄《やけ》になるかもしれない。窮鼠《きゅうそ》は面倒だ。

「こちらから参る……」

千太郎が先に動いた。

すると同時に、敵の一番前にいた男が一緒にすっと前に出た。

抜刀術の男は動かない。

もうひとりは、前の男の成り行きですぐ後詰《ごづめ》をしようと身構えている。

「名を聞いておこうか」

だがひとりとして名乗る者はいない。

「失敗したときのことを考えたか。だがその顔は忘れぬぞ。覆面もせずに襲ってきたその勇気だけは褒めてとらそう」

「しゃ」

一番前の男が上段に構えたまま進んできた。

「その腕では私を斬ることはできぬぞ」

青眼に構えたまま千太郎は答えた。

すすっと前進してきた男の剣先を、滑るように右に動いただけで外《はず》した。わずかそれだけの動きで、敵は一瞬、目標を見失ったように足を止めた。

境内の外には由布姫の姿が見えている。

誰かが逃げたら尾行するつもりだが、三人は命をかけている様子が窺える。ひとりとして逃げる者はいない。

なにしろ若殿の命を取ろうとしているのだ。

由布姫が途中から合流した。

誰も逃げる者はいないと、目で合図を送る。

「ほら、こちらはふたりになった。それでも戦うのかな」

「…………」

言葉がないのは、後ろで逃げ道を塞《ふさ》いでいるのが、千太郎の許嫁、由布姫と知っているからだろう。

三人の顔に悲壮な表情が浮かんだ。

「そろそろ刀を引いたらどうだ」

「そうはいきません」

抜刀術の男が初めて声を出した。

かすれた声だった。

恐れを抱いているに違いない。なにしろ主君の若殿を斬ろうとしているのだ。さらに田安家ゆかりの姫がいる。畏れを抱くのは当然である。

由布姫は、抜刀術を使う男の後ろに忍び寄る。

だが、男は気配を感じているはずなのに、ピクリともしない。

まるで後ろに目があるようで、かえって不気味である。

千太郎は、長引くのを避けた。

目の前にいる男に、すぅっと水すましのような動きで、近づいた。

男が下がろうとしたその瞬間、あっと声を上げる間もなく、千太郎の体は三寸の間まで寄っていた。

逃げる間もなく、男は鳩尾《みぞおち》を突かれて倒れた。呻き声を出す間もなかった。

千太郎の動きはそれで止まりはしない。

すぐさま後ろにいる男のところに移動すると、

「しばし眠っておれ」

逆手に持った刀の柄頭で、男の額をとんと突いた。

その素早さに、ふたりは自分になにが起きたのかもわからぬ間に倒れてしまったことだろう。

「邪魔者は眠ってもらった」

千太郎は、抜刀術の構えを解かずにいる男の前に進んだ。

「…………」

「話ができそうなのはおぬしだけのようだ」

「景浦圭之進《かげうらけいのしん》……」

「ほう、ようやく口をきいたか」

「恨みはござらぬが、お命をいただき申す」

「やめろやめろ、無理だ」

後ろから由布姫が進み出て、横から声をかける。

「そうです、やめなさい。それよりどうしてこんなことをするのです」

「命じられたら、私たちはその命《めい》を遂行しなければなりません」

「誰に命じられたのだ」

「それは、いえません」

五

川の流れが強くなった。

上流でなにかが起きたのだろうか。小さな流木が流れに乗ってくるのが見える。

「お前は、稲月の者であろう」

刺客は答えない。

「命は取らぬから答えろ」

敵は諭してもひとことも喋らない。

だが、構えは元に戻して、殺気が消えた。ふぅとため息をついて目をつぶっているのは、千太郎の顔を見るのが怖いのか、畏れ多いのか。

川の流れが元に戻った。急な流れが海の小波《さざなみ》のような雰囲気に変わる。しんとした空気が流れていく。

敵の気配が静まったのを確認した千太郎は、由布姫に小太刀を納めるように目配せをする。由布姫はうなずき、音を立てて納めた。

「後ろにいる者に伝えろ。私はどんなことがあっても跡継ぎの座からは降りない、諦めろとな」

男は、目を開いた。その目には悲しみが含まれている。刺客の命《めい》を受けたとしても、本意ではなかったのだろう。

「無駄な行為はやめろと伝えるのだ」

「佐原さまだ」

突然、返答があった。

しんとしていた場所にいきなり闖入者《ちんにゅうしゃ》が現れたような、おかしな空気がそこに流れた。

「いま、なんというた」

「佐原さまから頼まれたと申しました」

景浦は、目をまた閉じながら答えた。

千太郎は半分はその名が出て来るのではないか、と予測していたのか、景浦と同じように目を閉じた。

由布姫の顔が歪んでいる。

「それは間違いないか」

「こんなところで嘘をいっても仕方ありません」

「市之丞が単独で頼んだことか」

「おそらくは……後ろに野川さまがいるかもしれませんが、私には野川さまは知らぬことだ、と申されておりました」

「なんと……」

それが本当なら、市之丞が勝手に刺客を送ってきたということになる。山賊の隠れ家に連れて来たとき、市之丞はほとんどまともな対応をしなかった。

だが、命まで狙っていたとは……。

千太郎は、川に目を移した。

じっと流れる水を見つめていたが、

「市之丞が私を斬ろうとするとは……」

呻き声ともいえない獣のような声音《こわね》だった。

「行け、そして市之丞に伝えろ。いつか決着をつける、とな」

「畏まりました」

景浦は、そう答えるとあっという間に河原から消えた。

「本当でしょうか」

由布姫が寄ってきた。不安と疑惑がないまぜになった目つきである。

「市之丞が敵側に回ったのは聞いていましたが、命まで狙わせるとは、正気の沙汰ではありません」

「このままにしておくわけにはいかぬ」

「どうします」

「さて、どうするか」

最善の策が浮かぶまで、少し隠れていよう、と応えるしかなかった。


その頃、城内辰《たつ》の丸御殿では、市之丞が鶴江《つるえ》という女と席を同じくしていた。

鶴江とは、じつは野川威一郎の娘である。父の威一郎に命じられて市之丞が本当に自分側についたのかどうか、それをさぐるために近づいてきたのだ。

市之丞はその策にうすうす気がついている。それでなければ筆頭家老の娘が市之丞に近づく理由がないからだ。

鶴江本人は父の計画をきちんと遂行できる人がほしいと常々頭を悩ませている。それには、市之丞さまが一番だといって、ふたりで千太郎君廃嫡を画策しようと持ちかけてきたのだった。

そして、いま市之丞が千太郎に刺客を送ったと聞いているところだった。

「命まで狙わなくても良いのではありませんか」

鶴江の瞳はいつもならしっかり見開かれている。だが命を狙ったと聞いて、かすかに細められていた。

「そのくらいのことをしなければ、あの千太郎という若殿は堪《こた》えません」

「しかし、若殿を殺したとなれば、市之丞さまは逆賊になります」

「最終的に勝てばいいのです」

「そうはいいますが……」

「それにあの者は……」

「あの者とは、言い過ぎではありませんか」

「いいのです。あの者は江戸で遊び呆けていた。そのために私の許嫁は命を落としたのです」

「それはそうでしょうが」

やはり鶴江としては、若殿を殺す策には賛成できない、といいたいらしい。

「よいのだ。あの者は跡継ぎとしては力不足。というより邪魔なのだ。あんな、江戸の街を徘徊しては、自分だけの力を誇示しているような男は生かしてはおけぬ」

「しかし、千太郎君はただ放浪をしているわけでは……」

「町中でうろちょろしているから、私の許嫁は殺されてしまった」

市之丞の声は絞り出すようだ。

お志津を思い出したのか、と鶴江はじっと市之丞の顔を見つめる。その瞳には、かすかに哀れみと悲しみが隠れている。

「私がそのお気持ちをお慰めできたら、と思うのですが」

「……それは十分、癒してくれています」

「本当でしょうか」

「ですが、そうそう簡単にお志津を忘れることはできません。鶴江さまの気持ちはありがたいと思っています」

「ありがたいなどといわないでください」

鶴江は、そっと袂を取って目頭を押さえた。

「そういえばイヌワシという刺客集団がいるという話を以前、父から聞いたことがあります」

「その者たちがお志津を殺したというのですか」

「それは私には判断する手段はありませんが」

「確かにその者たちを捕縛してみたら、なにか新しい事実がわかるかもしれません」

「それならいいのですが」

「野川さまがなにか、イヌワシについて知っているのですか」

「さぁ、そこまでは聞かされていません」

「もし、イヌワシという集団があったとしても、それとお志津との繋がりがあったとは思えません。イヌワシの存在は千太郎にしてみたら、自分の落ち度をごまかすいい材料になっているだけです」

市之丞は、言い放った。

「だからといって殺そうとするのは、おやめください」

「やめません。次期主君になどさせない、それに廃嫡は鶴江さまの父上の願いでもあるでしょう」

「あぁ……」

鶴江のため息が部屋に流れる。

「そこまでおっしゃるのなら仕方ありませんが……」

父親が千太郎君の廃嫡を狙っているのは間違いない。だけど命まで取ってしまっていいものかどうか、と鶴江は首を傾げている。

「ちょっと強引過ぎませんか」

「あの人にはそのくらいがちょうどいいのです」

「そうですか」

「私にまかせてください。あの人とは長年の付き合いがあります。どんなとき、どんな策を考えるか、手に取るようにわかりますから」

そこまでいわれたら鶴江も引くしかなかった。

第三章　イヌワシの正体

一

矢ノ倉加十郎は稲月の町を珍しそうな目つきで歩いている。

「ほう、ここが奴の町か」

縞《しま》の合羽《かっぱ》に三度笠。どこから見ても渡世人ふうの旅人姿である。

稲月の城下を物珍しそうに見るその姿は、一宿一飯《いっしゅくいっぱん》に預かろうと、親分でも探しているように見える。

だが、この城下にそのようなやくざ者の一家などはない。

だからといって、焦っている様子もない。街道筋に建っている旅籠にでも投宿しようという雰囲気だ。

その歩く姿は、とても江戸の町方《まちかた》とは思えない。

もっとも、いまはその身分は捨てて、ただの渡世人風情だった。正体を隠すには、その格好が一番なのだろう。

腰に差す脇差は、長どすではない。見るからに業物《わざもの》である。

それが、どこか渡世人としては、違和感を与えていた。

江戸では、きちんとした二本差しだったはずである。だが、空色の柄《つか》は縞柄の合羽に似合っていた。

一見したら、なかなかの二枚目に見える。

江戸では確かに女たちの目を集めていた。

だが……、

——俺に女は似合わない……。

勝手にそう決めていた。

つまりは、イヌワシという一味に入っているという思いが、女やほかの同心たちとは一線を画していたのである。

イヌワシは殺人集団である。

頼みがあれば、どんな身分のある侍だろうが、大商人だろうが、ときには子どもでも殺してきた。

ひとことでいえば人殺しだ。

そんな仕事をやるまでには、紆余曲折《うよきよくせつ》があった。

――俺も以前は人並みの幸せを探していた……。

町方になったのは、親から受け継いだからだ。

父親の矢ノ倉次右衛門《じえもん》は、厳格な男で江戸の治安をひとりで背負っているような臨時廻り同心であった。定町《じようまち》廻りではないために、それほど忙しいというわけではなかったが、仕事熱心な父親は、常に自ら町の見廻りに出ていた。

そして、ある凶賊と鉢合わせをした。

人相書きにそっくりな顔を両国橋の上で見つけて、次右衛門はひそかに尾行した。

隠れ家を見つけて、一網打尽にしようとしたのだ。

一味の頭《かしら》は、棺桶《かんおけ》の増蔵《ますぞう》といった。

押し込みをした後は、かならずそこの家の者を皆殺しにしたからだった。

襲われた家の者はすべて棺桶が必要になっていた。

棺桶の増蔵という呼び名はそこから生まれていたらしい。それだけに、大きな手柄になる、と勇んでいたのだが……。

——あっさり敵に見つかるとは……。

尾行の途中で、子分たちに捕まり斬り殺されてしまったのだった。

矢ノ倉加十郎、十二歳のときである。

まだ幼かった加十郎だが、なんとか父の仇《かたき》を討ちたいと思った。それには、自分も町方にならなければいけない。

それまでは、剣術道場に行っても熱心ではなかった。

父親の仕事も継ぎたいとは、あまり考えていなかった。だが、父親の死は加十郎の生き方を逆転させた。

どちらかといえば快活だった性格も一変した。

あまり笑わなくなったのである。

「お前は、楽しみがないのか」

道場仲間からそんな揶揄《やゆ》をされるほどであった。

そして五年が過ぎた。

十七歳に成長した加十郎は、千代《ちよ》という剣術道場の娘に心が奪われてしまった。子どもの頃から顔は見知っていたが、意識したことはなかった。

だが、ある日、千代が道場で稽古を始めたのである。

血筋なのか千代の太刀筋は鋭かった。

加十郎が立ち合っても、五本に三本は負けた。

それが悔しかった。

女に負けるとは……。

何度も、自分を叱咤《しった》する日が続いた。

素振りを夜中まで続けた。木刀を振る音が深夜にまで響き、

「あそこの息子は狂っているのか」

そんな噂まで広まったほどである。

周りは父親の仇を討つつもりだろう、と大目に見ていたのだが、なに、本当のところは千代に負けるのが悔しかっただけである。

やがて加十郎に一大転機が訪れる。

なんと、あるとき千代に好きだと告白されたのだ。

「なんといいました」

「私、矢ノ倉さまを好いています」

「まさか」

「あら、本当でございますよ。あの剣筋が大好きです。もちろん、あなたの周りが騒

いでいるとき、知らぬふりをしてひとりで思索にふけっているようなところも」

加十郎には言葉がなかった。

それからは、あまりにも意識し過ぎてそばに寄ることができなくなった。立ち合いも勝てなくなった。

周囲は千代に告白されたことなど知らない。だから、加十郎の変わりようが不思議でならない。

なかには、父親がなくなったときの憑《つ》き物が落ちたのだろう、と簡単に考える者たちもいた。

それでも、千代は笑って加十郎を見つめていてくれた。ありがたかった。

急激に弱くなった自分を嫌うのではないかと危惧していたのだが、それはまったくの杞憂《きゆう》だった。

千代の気持ちに変化がないと知り、また本来の力が戻った。

それからは、千代に負けることはなくなった。道場の小天狗《こてんぐ》と呼ばれるまでなったのである。

しかし好事魔《こうじま》多し……。

ある春の宵であった。

その日、千代は湯島天神《ゆしまてんじん》に、友人とふたりで梅見に出かけていた。小者の付き添いはいらない、と千代は断っていたらしい。

もっとも千代の小太刀の腕は、その辺の破落戸《ごろつき》が数人かかったとしても、負けないだけの力は持っていた。

それが油断だった。

湯島天神から女坂《おんなざか》を下って行く途中、数人の若侍に声をかけられたという。襟は汚れ、裾も泥だらけで、どこぞ地方から出て来た江戸勤番の者たちだと思えた。

吐く息が酒臭い。

梅見のついでに一杯引っかけているのはあきらかであった。普段の千代ならそんな酔っぱらいと関わりあいになるはずがない。

だが、その日は友人を守らねばならない、という思いが強かったのだろう。

「おやめください」

手を出したり、歩く先を足で邪魔をする若侍たちに対して、つい強く出てしまった。

その声に、若侍たちは色めき立った。

「なんだと……なんだその態度は」

「お通しくださいと申したまでです」

酒の入った若侍は、手負いの獣となんら変わりはない。自分たちに非があるとは露ほども思ってはいない。ただの悪戯《いたずら》でしかないと笑い続ける。

「そちらこそ失礼ではありませんか」

つい千代の口調もきつくなる。

だが、それがいけなかった。

「おい、この女、ちと生意気だと思わないか」

三人のうちひとり、一番若そうな侍が羽織を脱いで、投げ捨てた。それを見た一番年長らしい侍が、やめておけと制止したのだが、一度火のついた獣たちの気持ちを消すことは難しい。

酒の勢いがそれに加勢する。

道場では男の弟子たちも、無体《むたい》な行動を取ることはない。だから、少し舐《な》めていたところがあったのかもしれない。

それに、自分は小太刀の遣い手だという気持ちも油断の一因になっていただろう。さらに悪いことにその日は小雨混じり。足元もあまりよくなかった。

じつはもうひとつ、悪いことが重なっていた。

千代はそれに気がついてはいなかった。

他流試合をしたことがない、ということである。

道場のなかではほとんど同じような剣筋である。だからある程度、どこに剣先が動き、次はどんな払いをするか、突きにくるかなどは予測できるのである。

だが、他流はその太刀筋を読めない場合がある。そこに千代は気がついていなかったのだ。

いわば、井蛙《せいあ》であった。

だけど、本人にその自覚はまったくない。自分は道場ではほとんど互角以上の戦いをしている。相手が男だからといって、気後《おく》れなどはしない。するはずがない……。

陥穽《かんせい》は千代自身にあったのである。

相手はそれほど腕があったとは思えない、とその場を見ていた人たちは、証言している。

――油断大敵……。

稲月の町を歩きながら、つい加十郎はそう囁いていた。

どうして千代のことを思い出したのだろう、と自問する。

江戸を捨て、町方という身分も捨てた。

いわばひとつになったことで、当時が甦《よみがえ》ってきたのだろうか。それとも、ひとり旅で感傷的になってしまったのか。

結局、千代はそのとき、若侍に怪我をさせられてしまい、それが元で、命を落とした。

喧嘩両成敗だと、若侍にはお咎めはなかった。

相手が、九州の雄藩《ゆうはん》の家臣だったことも、あっただろう。

加十郎は得心《とくしん》が行かなかった。

「仇を取る……」

そんな言葉に周りは首を縦に振らなかった。それは当然だろう。

そんなことをしたら、ますます道場の評判は落ちてしまう。雄藩の家臣たちを敵に回してしまうことにもなるのだ。

江戸の町中を歩くことも適《かな》わなくなるだろう。

そこで加十郎が思い出したのは、江戸には金で恨みを晴らしてくれる集団がある、という噂だった。

加十郎はその噂に飛びついた。

江戸のあちこちを歩き回り、イヌワシという名前の集団があると知った。手づるを使って、なんとか千代に怪我を負わせた侍を、亡き者にすることができたのである。

若侍が斬られた日、加十郎は江戸から離れていた。殺しが起きたら、必ず最初に疑われる、という示唆があったからだ。

——そこまで考えてくれるのか……。

加十郎はその集団に心を奪われた。

恨みを晴らしたくても、力がなくて泣き寝入りしている者は、大勢いるはずだ。その者たちを助けてやりたい……。

新しいイヌワシの誕生だった。

「もう、昔のことは忘れたわい……」

無理矢理にでも言葉に出さなければ、気持ちが折れそうだった。

しばらくの間、ぼんやりしていたのだろう、横を通り過ぎる人たちが、怪訝な目で旅人姿の加十郎を横目で見て行く。

苦笑してから、歩きだした。

まずは、城下のつくりなどを把握しなければならない。千太郎を斬るためにここに来たのだ、道筋を覚えておいたほうがいざというときに役に立つ。

相手は、この町を知りつくしているだろう。それに対抗するには、こちらもある程度の地の理を頭に入れておかなければならない。

仕事がら道筋を覚えるのは得意だった。一度通ったらほとんど頭に入る。その得意技があるから、イヌワシの仕事も尻尾を摑まれずに済んだと思っている。

それにしても、あの男が稲月の若殿だと知らされたときには驚いた。教えてくれたのは、イヌワシ仲間の男だった。

仲間の男の名前は知らない。

どんな技を使うかも知らない。

それはお互いさまだった。

加十郎については、北町の見廻り同心だと知られているだろう。

だが、他の者たちは普段どこでどんな生活をしているのか、まったく交流がなかった。そのほうが、捕まったときでもほかの者の名前などをばらす危険がない。

稲月の若殿と知ったとき、驚きはしたが、すぐに得心した。

――あの佇まいはその身分からきていたのか。

それから、俄然気持ちが高まった。

それだけの相手と戦うのなら、こちらもそれだけの覚悟が必要だ。だからこそ、町方という身分を捨ててきたのである。

まずは、泊まる場所を選ぼう。

加十郎は、ぐるりと街道を見回した。

あまり立派な旅籠はいらない。といってあまりみすぼらしいところも願い下げだ。普通で目立たないところが一番である。そのほうが泊まり客の素情を詮索されずに済む。

加十郎は、数軒並んでいる旅籠のなかで中級の雰囲気がある、駿河屋《するがや》という旅籠に入っていった。

二

城下に桜の咲く頃が近づいていた。

春の匂いがあちこちから漂ってくる。

稲月城下が一番、華やかになる時期だ。

だが、今年はそれもどこかくすんでいるように見えた。

それもこれも江戸で放蕩三昧《ざんまい》を続けている若殿が原因だ、という噂が城下では飛び交っている。

——それは嘘だ……。

梓は、町中を歩きながら、心のなかで叫んでいる。

だが、その声が周りに届くことはない。

浜丸屋の寮に忍び込んで、千太郎の命を狙った。だが、あっさり返り討ちにされた。

最初は、江戸にいる若殿の敵だと思っていた。

しかし、それがなんと本人だったとは……。

驚きながらも、梓は喜びでいっぱいになった。自分たちの親分が、本当は若殿の隠れた姿だったとは。

なんとか千太郎の力になりたい。

そのためには、父親たちの加勢も必要になるはずだ。だが、千太郎から当分は父親の伝八にもだまっていてくれ、と頼まれた。いまは、自分がこの城下に来ていると知られたくないという。

佐原市之丞という国家老は、すでに千太郎が稲月城下に来ていることを知っているから意味はないのではないかと思ったのだが、そうは考えていないらしい。それなら、意を汲み取るしかない。

千太郎たちが城下を歩くときは、陰ながら護衛をしようと心に決めた。

この数日、千太郎と由布姫は寮から出ていない。

なにか新しい策でも練っているのかもしれないが、梓には気になることがあった。

街道筋の旅籠、駿河屋に渡世人姿の旅人が投宿しているという話を手下たちから聞いたからだった。

この町には、三年前まで賭場がなかった。

花会なども開かれるようなことはなかった。よその町なら、神社の奉納などで賭場が開かれ、渡世人が集まる場合もあるだろう。

だが、稲月の城下では賭場は禁止されていた。だから、ほとんどこの町に渡世人の顔は見受けられなかったのである。

合羽に三度笠という姿がたまに通っても、それはほとんど通りすがりである。だが、駿河屋の渡世人は、長逗留をするつもりらしい。

――なにか目的があるはずだ。

そう狙いをつけているのだが、だからといってあからさまにその渡世人を見張るというのも、目立ちすぎる。

千太郎たちを狙っているイヌワシとかいう殺し屋集団があると聞く。その一味ではないのか、という心配があった。

できれば伝八に相談をしてみたいのだが、父親の顔を見たら、千太郎と由布姫の正体をばらしてしまいそうだ。

しかし、怪しい男をそのままにしておいていいのだろうか。

梓は、じりじりしている。

止められているからには、当分、内緒にしておかねばならない。

顔を見ると、つい本当のことを喋ってしまいそうだ。それをじっと我慢しているのもけっこう辛いものである。

駿河屋の渡世人は、毎日城下を歩き回っている。さすがにそのときは、渡世人姿ではない。春が近いこともあり、単《ひとえ》の小袖姿だった。

どこかの若旦那とは見えないが、金持ちの遊び人程度には見える。だが、見る者が見たら、懐には匕首《あいくち》が隠されているから剣呑《けんのん》な若旦那だった。

梓がいらしている頃、千太郎は浜丸屋の訪問を受けていた。

春の香りのする草花を持ってきて、花生けに活けながら、

「なにやら不穏な者が城下を徘徊《はいかい》し始めているようです」

話し具合は落ち着き、浜丸屋は度胸が据《す》わっている。よく見ると大きな鼻が顔に据

わっているからだろう、と千太郎は内心、笑いながら、

「不穏な動きとはなんだ」

「いままで平穏だったこの町に、なにかが起きようとしています」

「なにかとは……」

「なにやらよそ者が大勢集まっている様子なのです」

「ほう……」

「行商人たちもいますが、それ以外、どんな仕事をしているのかわからないような顔つきの悪そうな連中もおります」

なかには、伝八たちの手下もいるだろうとは思ったが、それはいえない。

「あきらかに、地に足をつけた仕事をしている人たちには思えません。なにを目的にこの町に集まってきているのか……」

それが心配だ、という目つきで千太郎を見つめた。

「なるほど……だからといって、その者たちを追い出すわけにもいかぬであろう」

「以前なら、役人たちがなんとかしてくれたはずなのですが、いまはその役人も、賄賂をもらう者やら、手加減をして罪を許し、目こぼしの金を取る者などが、けっこう横行しています」

「それはまた」

まさか、と眉をひそめる千太郎だが、

「あの町の様子を見たら、そんな塵のような役人がいてもおかしくはない……」

「そんな悠長なことはいっていられませんよ」

由布姫が、ため息混じりに眉を寄せる。

「確かに……おかしな輩のなかで一番、怖そうな旅人がいます」

今度は浜丸屋が顔をしかめる。

「渡世人だな。そんな連中がこの城下に投宿しているとは」

「はい。この町では奴らが稼ぐような場所はありません。なにせ、ちゃんとした賭場が開かれませんでしたから」

「それなのに集まっている……」

「ですから、おかしいと申しているのです」

浜丸屋の語り口調は、上野山下の片岡屋、治右衛門と似通っているようだ。商人は似たところがあるらしい。

「名前は、そのうち調べがつくと思いますが、あちこちの旅籠を回っております」

「誰かを探しているのだ……」

「私たちでしょうか」

由布姫は、唇を噛み締める。

「また、敵が増えたということでしょうか」

「敵の人数が増えたのでしょう。誰かに雇われてこの町にやって来たと思ったほうがいいと思います」

そのとき裏庭のほうから、がたんと音が聞こえてきた。あきらかに侵入者の音だ。

「何者……」

浜丸屋が、きつい目を見せる。

すぐ足音が聞こえてきた。耳をそばだてていた千太郎は、

「心配ない。私の手下だ」

「千太郎さまの手下とは。ご家来ですか」

「まぁ、そんなものだ。ちと格好は珍なるものだがな」

「はて、珍なるものとは、なんでございましょう」

怪訝な表情をする、浜丸屋が闖入者《ちんにゅうしゃ》を見て、目を丸くする。その客は千太郎と由布姫の前に、あぐらをかいて座ると、

「お邪魔だったでしょうか」

短衣に脚絆《きゃはん》姿の梓だった。

「この者は私の手下、梓だ」

「ははぁ……なるほど、手下という言葉に得心いたしました」

苦笑しながら浜丸屋が梓をやんわりとした目で見ながら頷いた。

「梓、ちょうどよいときにきた」

千太郎が、もっとそばに寄るように招く。

「そうくると思っていました」

膝を進めながら梓がにやつく。

「ほう、なにか新しい話をもってきたのだな」

「おかしな旅人が駿河屋にいます」

「それだ、その駿河屋の男の話をいまちょうどしていたところですよ。あ、挨拶が先でしたね、私は浜丸屋の」

「知ってますよ、富八郎さんでしょう。この城下で知らない人はいません」

「おや、これはこれは」

半分うれしいような迷惑のような意味不明の笑みを浮かべながら、

「それなら話は早いですね。私もお付き合いのある旅籠の主人から、近頃、よそ者が多く入ってきているという話を聞きました」

「そのうちのひとりですよ、その渡世人は」

「なかなかの二枚目でしょう」

「駿河屋の女中たちは、あまり笑みを見せない男に心を奪われているようです」

ばかな女たちだとでもいいたそうに、梓は吐き捨てた。

「まぁまぁ、ほかの連中のことはどうでもよい。問題はその男だろう」

「私が調べてみましょう」

梓の言葉遣いは相手が若殿だろうが、姫様だろうが身分など関係はないらしい。ほかから見たら、傍若無人《ぼうじゃくぶじん》に見えるだろうが、千太郎も由布姫も別段嫌な顔をせずにいる。呆れているのは、浜丸屋だ。

「梓さんとやら、もう少しご身分を考えたほうがよろしいかと」

「これでもていねいに喋ってるんです」

普段の語りを知っている千太郎はにやにやしながら、

「浜丸屋、そんなことは気にするな。問題はそこではない」

「はぁ、まぁ若殿がそうおっしゃるのなら」

それでも浜丸屋は、苦々《にがにが》しい顔つきを隠すことはなかった。

三

浜丸屋は、とにかくお気をつけください、といって帰って行った。

一瞬だが、静かな気配に包まれた。

外は春の風が吹いているのか、ときどき砂埃が舞い上がっている。このあたりは、小高い丘があまりないから、砂が直接飛んで来るのだ。

さらに、砂埃とともに落ち葉なども飛んで来るために、サササッサという五郎太が使う箒《ほうき》の音が聞こえている。

梓は、じっと天を仰いでいたが、

「やはり、親父に話をします」

「どう伝える」

「親分の命が狙われているようだ、と。そうしたら、ほかの子分たちも手伝ってくれますよ」

「それはいいが、私たちのことは……」

「もちろん、承知してます。誰にもいいません」

「そのときが来たら、きちんと話をするつもりではあるが、いまはまだ早いのだ」

「お気遣いなく。親父は四の五のいうような狭い男ではありません。親分のためならたぶん火のなか水のなか、天竺《てんじく》までも」

「あはは。わかっておる」

「たのもしい娘さんですね」

由布姫の言葉に、梓は照れながら、

「困ったことがあったらどんなときでも呼んでください。すぐ駆けつけますから」

そういうと梓は、伝八と相談をするといって帰って行った。

「今後の策はなにかありますか」

「考えてる」

「……それにしても、今回はいろいろ気になることが多すぎます」

「たとえば」

「和泉守《いずみのかみ》さまのお言葉などがまるで入ってきません」

稲月和泉守克典《かつのり》というのが、千太郎の父親だ。六十歳に近づいても、矍鑠《かくしゃく》としていたのだが、それがいまは病に倒れているという。

それが揉め事の最大の要因になっているはずだった。和泉守がきちんと後継者の名前を指示していたら、家中が半分に割れてしまうようなことはなかったはずだ。

「本当にご病気なのでしょうか」

「それは間違いないだろう。以前、市之丞が慌てて江戸から国許へ戻ったところからも間違いないと思う。だが、そこに跡継ぎが私では困ると言い始めたきっかけがよくわからぬなぁ」

「弟の幸二郎君の後見人が、根源なのではないでしょうか」

「おそらく……野川威一郎が幸二郎を跡継ぎにしたいと暴れ始めているのは確かだ。だが、それだけなのか……」

「イヌワシという集団もいます」

「それだ、イヌワシがどうしてお志津を殺したのか……だが、あれは姫を襲ったものに違いない」

「闇が多すぎますね」

千太郎は小さく頷きながら、腕を組む。

「私を狙うだけなら話はわかるが、姫まで狙うとは……」

「でも、それを頼んだ人がいるのでしょう」

「おそらくは、私を困らせるためだとは思うが」

ふたりの会話はそこで止まった。

しんと静かな間合いがそこに生まれたが、すぐ由布姫の声がそれを破った。

「なにか策を考えましょう」

「梓たちにも手伝ってもらわなければいけない」

「また、あぶりだしますか」

「いや……今度の敵は以前とは異なる」

千太郎は、天を仰ぐような仕種《しぐさ》をしながら、

「奴は、あちこちの旅籠だけではなく、そのあたりの店までも私たちを探しているらしいではないか。それは、自分がこの城下にいると教える考えに違いない」

「わざと顔をさらしているというのですか」

「そのとおり。私たちが前に使った手を今度は奴が使っているということになるなぁ。私たちをおびき出そうとしているに違いない」

「知恵者ですね」

頷きながら、千太郎は腕を組んで、

「それなら少し焦《じ》らしてやろう」

「私たちが無視をするのですか」

「焦らせるのだ。こちらがなかなか誘いに乗らないとわかると、また新しい策を考えださないといけなくなる。焦れることで、墓穴《ぼけつ》を掘るかもしれない」

「その者が誰なのか、それを知る必要もあるかもしれません」

そうだ、とさらに千太郎は続ける。

「私は梓と一緒に城下を歩き回ろう。もちろん顔は編笠で隠す。そうして例の旅人がなにをしようとしているのか、探ってみる」

「私はどうしましょうか」

「ひとつ、頼みがある」

「なんなりと……」

ちょっと困ったような、それでいて悪戯っぽい目つきになった千太郎は、由布姫の顔をじっと見つめて、

「伝八の手下たちが山賊ができずにいらいらしているらしい。暴発しないように、なだめてほしい」

「どうしたらいいのです」

由布姫としては自分も町に出て、探索を手伝いたいという顔つきだ。だが、千太郎は梓と一緒に回るという。

もちろんそのほうが安全だからだが、でも自分としては黙って手をこまねいているのは、忸怩《じくじ》たるものがある。

「山賊たちを止めるのは、姫が一番いい」

「ですから、どうしろと」

「なにも特別なことをする必要はないのですよ」

「おさんどんでもしろというのですか」

「それは手下たちのなかに、係りの者がいるのでいりません。ただ、連中と一緒にいるだけでいいのです」

「……まぁ、いいでしょう。これが終わったらきっちりと落とし前をつけてもらいますからね」

「恐ろしいのぉ。くわばらくわばら」

「私は雷ではありません」

膨れっ面をする由布姫に、思わず千太郎は手を打って笑い転げた。

善は急げだ、という千太郎の言葉で、由布姫はすぐ伝八たちのいる隠れ家に向かった。いつものごとく男装をして行ったのである。

やって来た由布姫を見て、伝八は目を見開きながら、

「おやおや、誰かと思ったら、雪さんではありませんか、どうしたのです、その格好はまるで、これから仇討ちにでも行くような」

「そう見えますか」

由布姫はあまり機嫌がよくない。

自分だけがこんな隠れ家に押し込まれてしまった、という思いがあるからだ。

なにしろ周りは荒くれ者たちだらけだ。そんななかに飛び込ませる千太郎が気に入らない。

目の前にいる伝八までも気に入らない。

そのためについきつい言葉になってしまう。それでも、荒くれ者たちの気持ちを落ち着かせてくれるように頼まれた、と伝八に伝えた。

「それはそれは、ちょうどいいところに来てくれました。梓はさきほど千太郎さんのところに行くといって出て行きました。すれ違いでしたねぇ」

「そんなことはかまいません」

「おやおや、ご機嫌斜めらしい」

伝八は、眇《すがめ》になって由布姫を見ながら、

「では、梓の小屋を使ってください。そこなら男どもも入ったりしません。ただし……」

「ただし、なんです」

「風呂はひとつしかありませんからね。それも、あるのは外ですから、入るときにはご注意を」

真面目な顔をしているのは、また笑って怒られるのが嫌なのだろう。

「外とはどういうことです」

「ここから少し山側に登ったところに、湯船が造られているのです。五右衛門風呂というやつでして」

思わず、由布姫は唸ってしまった。

梅が咲き、桜の季節がすぐそこまで来ているとはいえ、外はまだ風が冷たい。

「吹きさらしなのですか」

「へぇ、まあ、男所帯でしたからねぇ」

「梓さんはどうしているのです」

「あの子は、裸など見られてもほとんど気にしませんから。まぁ、親分の娘の体を見ようなどと、そんな不届き者はいません。ですから、裸になっても覗かれる心配はありませんでしたよ」

どう答えたらいいのか、由布姫には言葉がなかった。

「梓さんの小屋はどこです。着替えたい」

「こちらです……」

伝八の案内で、梓が使っている小屋に入った。

そこは娘が暮らしている雰囲気ではなかった。それでも布団やら長持《ながもち》などはきちんと整理されている。

「それにしても、けっこうな道具がそろっていますね」

「……山賊だということを忘れてはいけませんよ」

「ははぁ……」

どうやら、山道を歩く連中から盗みとったものらしい。

「まさか、このような家で使う道具まで盗んでいるとは、思っていませんでした」

「金銭だけを盗るわけではありません。まぁ、そのあたりはこれからおいおい覚えてもらいましょう」

「そんな教えはいりません。私は山賊を続けるとはいってませんよ」

「まぁ、硬いことはいわずに」

ニヤニヤしながら、伝八は適当に荷物を置いて、好きに使ってくれたらいい、といって小屋から出て行った。

由布姫は着替えながら、これからどうやってみんなを手懐《てなづ》けることができるか、思案する。由布姫がやって来たところを見ていた者たちの顔つきを見ていると、なるほど荒くれ者集団の雰囲気だった。

いまにも爆発しそうな顔が揃っていた。

——私が何者か、それを知ろうというよりは、女が来たとしか見てませんでしたねえ。

男などは怖くはないが、集団になって襲われたら、いくら由布姫の腕を以ってしても、敵《かな》わないかもしれない。

そんな危険から離れるには、どうしたらいいのか……。

由布姫は、さらにしばらく思案する。

やがて、由布姫は思い切った行動を取った。

伝八に頼んで、皆を一堂に集めてもらったのである。

どうせなら自分の体と顔をみんなの前に晒したほうがいいのではないか、と考えたのだ。隠れたほうがかえって皆の関心を強くさせてしまうだろう。それなら初めから顔も体つきも見せてしまったほうがいい。

といっても裸は困るが……。

伝八は、いつも手下たちを集めて策を指示する広間を使おうと勧めた。

「そこなら、全員集めることができます」

「私が目立つような仕掛けを作っておいてください」

「仕掛けとは、なんです」

「全員に姿が見えるようにするのです」

「おやおや、それほど自信があるということですかねぇ」

「違いますよ」

理由を語る気はないが、

「私が全員の顔を覚えることができるからです」

「なるほど」

本当に得心したのかどうかわからぬが、とりあえず伝八は頷きながら、

「まぁ、私がいますからとんでもねぇことをやる者はいません。安心してください。で、どんな話をするつもりなのです」

「さぁ……みんなの顔を見てから考えます」

「さすが千太郎親分の許嫁、度胸があります」

伝八は本気で感心している。

四半刻過ぎたら来てくれ、といってから伝八は離れていった。


広間に行くと、すでに全員揃っているようだった。みんなの視線が怖い。どんな女が出て来るのかと、一心不乱に見つめている様子が、広間に入る前から感じられた。熱気がむんむんしているのだ。

伝八は皆が見える場所に、一段高い場所を作ってくれていた。

さらに、演壇のようなものまで設置されている。まるで講談かなにかを語るような雰囲気である。

驚いて伝八の顔を見ると、にやつきながら寄ってきて、

「江戸の宮地芝居で見ましてね。あれがあるとなんとなくなにかを語ってくれるんだろうなぁ、と野郎どもが興味をもちますから」

「それはいい考えです」

確かに理に適《かな》っているといっていいだろう。

臆することなく、由布姫は演壇を前に立った。

四

一瞬、その場がしんとする。

これからなにが起きるのか、じっくりと見てやろうという目つきが並んでいる。それも、狼《おおかみ》のように飢えた男たちだ。さすがの由布姫も一瞬、怯《ひる》んでしまった。それでも、背筋を伸ばして、

「私は、雪です。当分、ここでやっかいになります」

その言葉を受けて伝八が、このかたは千太郎親分の許嫁だ、と説明をすると、一同から、うぉ……という声が上がった。

その意味はどこにあるのか、わからずとまどっていた由布姫だったが、

「そのうち私が皆さんの姐《あね》さんになるのですから、よろしく」

思い切って、そう告げた。

すると、さっき以上のざわめきが生まれた。

その気持ちのなかはどんなものなのか、由布姫には判断がつかない。それでも、なんとなく自分を姐さんと呼ぶのか、という思いが小波《さざなみ》を立てたのだろう、という気が

する。

「静かにしねぇか」

由布姫はわざとそう叫んだ。

するとなんと一瞬で、その騒音は止まってしまった。

――なるほど、姐さんというのはこれだけの力があるらしい……。

由布姫の気持ちも落ち着いた。

「では、これからみんなと一緒に暮らすから、よろしく頼む。ただ一緒にいてもつまらないから、これから私が寝泊まりしている小屋には、いつでも気軽に入ってきてよろしい」

またしても、ざわめきが起きた。

「雪さん、それはまずくありませんかい」

「そんなことはありません。私は皆さんと仲良くしたいのです。訊きたいことがありましたら、いつでも訪ねてくればよろしい」

由布姫には、姫としての威厳がある。

光り輝いている高貴さがある。

いままで見たことのない女としての、凛《りん》とした姿に、手下たちはあっという間に魅了されたようだった。

荒くれ者たちだけに、一度気を許すと、津波のようにそこに群がることになった。伝八が気にしているが、当の由布姫はそんなことは一向に気にしない。むしろ、自分に気持ちが向くことで、山賊への思いが、消えてくれたらそれでいいのだった。

さっそく、気の早いものが小屋にやって来て、江戸の話を聞かせてくれ、あるいは、剣術を教えてくれ、なかには、頭が痛いからなんとかしてくれないか、などといって自分の頭を差し出すような者までいた。

「これではまるで、母親ですね」

苦笑する由布姫に、伝八は、

「奴らはほとんどが家族というものを知らねぇですからねぇ」

由布姫が姐さんとなる人だと思ったときから、母親と重ね合わせている、という。

その言葉に、由布姫はなんとなく胸にジンとくるものがあった。目頭《めがしら》を濡らしそうになっている由布姫の姿に、また、手下たちは感動する。

そうやって、泣いているかと思うと、けらけらと明るく笑い転げる由布姫に、伝八は素性の正しさを感じている。元武士だけあり、身分が高いのではないか、とも肌で感じているのだった。

由布姫がそうして山賊たちを手懐《てなづ》けることに成功している頃、千太郎と梓のふたりは、怪しい旅人の素性を探るために、城下を歩き回っていた。

城下に入って来たときは、縞の合羽に三度笠という、いかにも渡世人の格好だったが、いまでもその姿でいるとは思えなかった。

根っからの旅人なら、そのままでいるだろうが、あの男はそうではない。あまりにも合羽も三度笠もきれいだったからだ。

梓から見ると、あんなきれいな旅人など見たことはない。ほとんどは全国の賭場を歩き回って、ほこりと汗にまみれている者が普通だ。

いまそこで買ったような合羽を着ている者など、ひとりとして見たことはない。

それだけに、おそらくは変装して町中を探り歩いていると思ったほうがいいと、考えている。

千太郎は編笠を被り、梓はいつもと異なり町娘姿だった。山賊姿の短衣では目立って仕方がない。

春らしい緑の葉枝に若い芽を見ることができる。これからますます町は緑で包まれることだろう。

「いい香りがする季節になりましたね」

梓にしては情緒のある科白に、千太郎は微笑みながら、

「梅見にでも行けばよかったかな」

「そんな暇はないでしょう。それにしても雪さんは大丈夫でしょうか」

梓は荒くれ者が集まっていると知っているから、よけい心配らしい。

「あの姫は、人の気持ちを摑むのがうまいから、いま頃はみんな姫に傅《かしず》いているに違いない」

千太郎は、あははははと嬉しそうだ。

「若殿は、本当に雪さんに惚れているんですねぇ」

「もちろんである」

「おやまぁ、ごちそうさまですこと」

半分、羨ましそうに梓は応えた。

いま千太郎と梓が歩いているところは、主街道からすこし城下に入ったところだった。

そのまま直進すると、稲月街道の端に出る。

そこには、城下で泊まる旅人たち用に旅籠が数軒並んでいる。例の渡世人姿の男は

そのなかの駿河屋にいると判明している。

　平気で姫に惚れているという言葉を出す千太郎を、梓は好ましく見ている。

　ときどき、街沿いの樹々に手を伸ばして、緑に色づいた葉を千切りながら、

「ちょっとそのあたりの店に、例の渡世人が訪ねていないか訊いてみましょう。二、三軒ほど訊くだけで、奴がこのあたりを調べたがどうかがはっきりしますよ」

「それはいい考えだな」

「もし来ていなければ、それでいいでしょうしね。ひとつひとつ潰していきましょう」

「ほう、伝八といい梓といい、なかなか頭が回るものだ」

「褒めるのは、すべてが終わってからにしてください」

にこりともせずに、梓はすたすたと目の前にある両替屋に向かって足を踏み出した。

　千太郎は外で待っている。

　編笠を被っているために、視野は狭い。それでも、最低限の視界は確保できている。

危険が迫ったら、その判断をするのは容易だ。

　怪しい者がいないか周囲を見回してみる。

　市之丞が差し向けた刺客に襲われてから、いつどんなとき、ふたたび命を狙われる

か油断はできない。

警戒を怠るわけにはいかないのだ。

両替屋から、梓が出て来た。

どことなく難しい顔つきであった。そのまま千太郎のところに戻らず、すぐとなりにある道具屋に体を向けた。

外からでもなかの様子を見ることはできる。

梓はやはり、困ったような顔をしながら言葉を交している。面倒なことが起きているように見えた。危険が迫っているといいたいのだろう。

頭を下げてから、梓は千太郎のもとに戻った。

「来ていたのか」

前に立った梓に訊く千太郎に、

「はい……どちらの店にも例の渡世人らしい男が来ていました。人相を訊いたら、似ています」

「どんな面相なのだ」

「商人とも、遊び人ともどちらともいえないような雰囲気をもった男だったそうです。男女のふたり連れを探しているとのことでした。顔も一見しただけでは、覚えるところがないような、これといった特徴のない男だったそうです」

「ううむ」

「白い顔で、特徴はなかったそうです。鼻が大きいとか、どこかに黒子《ほくろ》があるとか、目が小さいとか……そんな目につくところがあればいいのですが」

――矢ノ倉加十郎だ……。

千太郎はこころで呟く。顔に出たのだろう、

「どうやら、心当たりがありそうですね」

梓が問う。

「おそらく元は北町の定町廻り同心だ」

「まさか……役人」

「その面相の特徴のなさは、相違あるまい」

「元役人がどうして若殿を狙うのです」

「たぶん、イヌワシの一味であろう」

梓にイヌワシについての知識はそれほどないが、その一味が千太郎と由布姫の命を狙っているだろうとは聞いている。

「殺し屋集団ですね。元同心が人殺しをするとは……世も末です。山賊よりもたちが

悪い」

その返答に千太郎は苦笑しながら、

「恨みを晴らしてくれると、喜ぶ輩もいるのだ。そのような者たちにはありがたい存在として知らされている。ただ、この町に来たのはそれとはまた異なる理由がある」

「若殿の命を奪うことですね」

「そう簡単には奪われぬ……だが油断もできぬ」

そうですねぇ、と梓の顔も曇った。

といって、敵に後ろを見せるわけにはいかない。

「それにしても、野川一味にイヌワシ。面倒が続きますねぇ」

頷きながら千太郎は、そんなことに負けはしない、と呟いた。

五

「次はどこに行く」

梓は町に詳しい。それに顔見知りも多いから、歩き回る場所はまかせておいたほうがいい。

「賭場に行ってみましょう」

賭場にはよそ者もやって来る。そこからなにか新しい噂などが入って来るかもしれない。

「佐多六さんとは顔見知りですからね。それに賭場にはよそ者も来ます」

伝八、とん吉との繋がりもある、と梓は笑いながら、

「私も少々……」

ふっと笑みを浮かべる。

女だてらに賭場への出入りなどはあまり誉められたことではないが、

「山賊ですからね」

ふっと笑ったその顔は、まだあどけなさを残していた。

そのままままっすぐ進むと城下からはずれる。すると駿河屋の目の前に出る。それはいまは避けたほうがいい。編笠を被っているとはいえ、背格好で千太郎とばれてしまうかもしれない。

ここから賭場のある浄照寺に行くには、北へ向かわなければいけない。歩くと半刻ほどかかる。そこで梓は、舟のほうがいいと薦《すす》めた。

「それだけの距離を歩くと目立ちます」

「確かに。では、舟にしよう」

賭場の近くまで川が流れている。名を雄川《おがわ》という。城郭を囲っている堀に流れ込む川だ。

この川は、江戸に稲月の米や野菜、味噌などを運ぶ重要な水運の中心となっている。

「それでも近頃は、水運も落ち目になっているようです」

「それでは町の潤《うるお》いが消えてしまうではないか」

「そもそも野川の一派が、弟君を跡継ぎにといいだし、さらに政《まつりごと》をひとりで牛耳《ぎゅうじ》るようになってから、あちこちに欠けたところが生まれてきたのです。大殿さまがご病気にならなければこのような、下り坂を転げるようなことにはならなかったと……」

「うううむ……」

「この城下を元に戻すためには、早く若殿に復帰してもらわなければいけません。実権を握ってもらわなければ」

「肝《きも》に銘じておこう」

梓は舟を探してきますと告げ、

「ここでお待ちください」

と、千太郎から離れていった。

雄川を見つめていると、春の訪れを感じることができる。葉の色が緑に変わっているのだ。

それに元気な子どもたちは、川遊びに興じている。

――この楽しそうな姿を失わせてはならない。

新たな決心をしながら雄川の流れを見ていると、上流から舟が艪《ろ》の音を立てながらこちらに向かってきた。

舟の上で、立ち上がり手を振っているのは梓だった。

猪牙舟《ちょきぶね》である。舟足は速い。

船頭は無口な男で、ただ艪を漕いでいるだけだ。千太郎と梓の会話に入ってはこない。

「元、手下だった男で照次《てるじ》といいます。口の硬い男ですから心配はいりません」

「なるほど、あちこちに配下の者がいるというわけか」

「山賊も、馬鹿にはできないでしょう」

「私は、いい手下をもったということだな」

「いざというときには大きな力になりますよ」

「できれば穏便に終わらせたいものだが」

「そうはならないと私は予測しますがねぇ」

「腕ずく、力ずく、戦《いくさ》のようにならなければいいのだがなぁ」

「親分は甘い。それだから若殿はばかにされて廃嫡などを画策されるのです。もっと肝を据えてください」

「ふむ、据えよう」

腹を叩いた千太郎に、梓は腹を抱える。

「やはり、若殿はただものではありませんね」

「江戸、上野山下の目利きだからな。悪の目利きもやるのだぞ」

「はいはい」

くすりと聞こえた笑い声は、艪を漕いでいる照次のものだった。

川から見る城下は、静かなものだった。

通りに並ぶ町並みは、整然としている。ときどき、商家から小僧が出て来て、箒で店前を掃いている。

顔見知りが来たら、頭を下げたり、近所の子どもたちと肩をたたいたり、尻を蹴飛ばしたりと犬のようにじゃれている。

そんな光景から見ると、自分がいま置かれている状況が嘘のようだ。

だが、暗闇がこの町を包み始めているのは確かなことだろう。

改めて背筋が伸びた。

ときどき橋の下を舟がくぐっていく。

そのたびに、視界が暗くなる。

——いまは、この橋のような場所を進んでいるようだな……。

千太郎は、心のなかで呟いた。

そのまま進めば、橋から抜ける。

そうしたら、また明るい場所に出ることができるのだ。そのときまで強い心を保たねばならない。


浄照寺の境内はひっそりしていた。

緑の葉が春を思わせるが、しんとしているので、季節を感じることができない。

寺の境内とはこんなものか、と千太郎は少し寂しさを感じた。もっとも、いまならどこに行っても、寂しさを受け止めなければならないだろう。

自分の心のなかが境内に映されているのかもしれない。

すべてが終わったときに、もっと心から楽しめばいい。

そんなことを考えながら、賭場が開かれている部屋に入った。

客は三人だった。

ふたりはこの町の者ではなく、よそ者らしい。佇まいが、稲月の雰囲気ではない。

残りのひとりは、町の者だろう。

胴元の佐多六と楽しそうに会話をしている。

住職の法心の姿は見えない。ときどき近所の町民を集めて、法話会なども開いているようだから、そのために出掛けているのかもしれない。

「よくおいでくださいました」

佐多六がにやにやしながら、梓に頭を下げた。伝八の娘と知っている顔だった。千太郎は梓の後ろにいる。

佐多六は、千太郎を認めてかすかに頭を下げた。

不思議そうな顔つきをしたが、

「では、お楽しみください」

そういうと他の者とつぼ振りを替わり帳場に戻った。

よそ者ふたりが、席を外した。

千太郎たちに譲ろうとしているのだろう。

梓が盆茣蓙に着いて、最後の客と目を合わせ、よろしくと挨拶を交わす。

「私はあちらに行っておる」

千太郎は盆茣蓙の前には座らず、控えの間に向かった。よそ者たちがそちらに向かったからだった。

そばにいたら、なにか新しい話が聞けるかもしれない。

ふたりはこの賭場で初めて会った者同士のようだった。名前は呼ばずに会話をしているのは、なにか意味があるのか千太郎には予測がつかない。

だが、会話の内容だけはよく聞こえている。

それによると、ひとりは上州《じょうしゅう》の生まれ。もうひとりは相模《さがみ》の生まれだという。あちこちを行商に歩いている者たちのようだ。それ以外は、当たり障《さわ》りのない内容でしかなかった。

千太郎は便宜上、ふたりを出身地の名前で覚えた。

しばらく、ふたりは出された銚子を傾けていたが、

「そういえばイヌワシという言葉を聞いたことがあるかい」

上州が秘密めかせて訊いた。

その言葉に、千太郎の気持ちは一気に高まった。

——この男はイヌワシについて、なにか知っているのかもしれない。

全国を股にかけて歩いている行商人たちには、噂が集まるのだろう。そこから千太郎が知らない話を仕入れることができたら儲けものだと思っていたところ、イヌワシという言葉が出たのだ。

千太郎は、耳をそばだてる。

上州は声を潜めて続けた。

「殺しの集団らしいんだがね」

「聞いたことがあります」

相模が答えた。こちらのほうが少し年下のように見える。だが、ふたりとも陽に焼けているので、顔は浅黒く年齢は不詳だった。

相模は、ふと千太郎の顔を見たが、別に危険はないと踏んだのか、また話を元に戻して、

「恨みを晴らしてくれるという話ですが」

「あぁ、それが本来の目的だったんだろうがなぁ。いまでは、理由もなく斬り殺すだけに成り下がってしまったということだぜ」

「そうですかい。なにはともあれ、人を斬るんですからねぇ」

嫌そうな顔する相模に、

「報酬がよければ少々の危険が伴っていても、やる野郎は大勢いるわな」

「そうでしょうねぇ」

自分はそんなところに身をおく気はない、といいたそうに相模は顔をしかめている。

「そのイヌワシがどうかしたんですかい」

「あぁ、この稲月に集まっているという噂があるんだ」

「そのことなら聞いています」

「どうしてこんなそれほど大きくもねぇ町に集まったのか、知ってるかい」

上州の言葉に首を振りながら、相模はまた千太郎を見る。

千太郎は、聞き耳を立てていると知られたくなくて、腕組みをしながら目をつぶって、わざと舟を漕いでいた。

話を聞かれていないと安心したのか、相模は膝で上州の男ににじり寄って、

「なにかあるんですかい」

「おおありだ……」

目を細めると、上州は相模がそうしたと同じように、一度、千太郎に目線を送った。

自分たちの会話を聞いているのかどうか、確かめたらしい。

千太郎は腕組みを解かずに、こっくりこくりしている。その仕種に、居眠りをしていると安堵したのだろう、

「この町で、人殺しをしようとしているらしい」

体を傾けて相模の耳に語りかけるような喋り方をした。

「こんな町にそれだけの大物がいるんですかねぇ」

相模は、信じられないという顔つきで返答する。

「それがいるんだ」

上州は、一度言葉を切った。

「誰ですそんな大物とは」

「大きな声じゃいえねぇがな。この稲月の若殿らしい」

「まさか……」

「そのまさかだから、おっかねぇ話じゃねぇかい」

「上州の……どうしてそんな話をあっしにするんです」

「なに、おめぇさんもこの話に巻き込まれねぇようにしたほうがいいと思ってね。いまじゃイヌワシは、手駒《てごま》を探しているってぇ話だからなぁ」

「仲間を募《つの》っているというんですかい」

「あぁ、そうらしい」

「人手が不足しているんですかねぇ」

「なにしろ、敵はここの若殿だからなぁ。そうそう簡単に命を取れるとは思っていねぇんだろうよ、それに若殿ってのは、なんとか流の免許皆伝の腕らしいからなぁ」

「強い、というわけですね」

「そうらしいぜ。だから、いい報酬になるからといって、簡単に乗ると自分の命が危なくなるってぇ話よ」

そこで、上州は一度言葉を切って、大きくため息をついた。

「上州の……あんた、誘われたからそんなに詳しいんですね」

「……まぁ、これ以上はいわねぇことにする。俺も命は惜しいからなぁ」

それからふたりは黙り込み、会話は止まってしまった。

六

「なにか収穫はありましたか」

浄照寺を出ると、梓が訊いた。

「とんでもない話を聞いた」

千太郎は、賭場で聞いた話を伝える。梓は聞き終わると大きな声を出した。

「イヌワシが全国から集まり、それでも足りずに、仲間を募っているというんですか」

「どこまで本当の話かはわからぬが、奴らの会話ではそうだった」

「全国の殺し屋を相手にすることになるんですね」

「怖いのか」

「若殿……あたしを誰だとお思いです。山賊の娘ですよ。むしろ武者震いがしそうですよ。相手にとって不足はなしってところです」

「これは頼もしい」

ふたりが雄川沿いに出ると、屋根舟が止まった。降りてきたのは、法心と矢作屋のふたりだった。

千太郎と梓を見ると、にこにこしながら、船着場から上がってきた。

「これはこれは、賭場でお遊びになってきましたかな」

矢作屋の顔はてかてかしている。春の陽が当たって、光っているらしい。

「まぁ、そんなところだが……」

「おや、どこか浮かないお顔ですねぇ。命でも狙われましたかな」

「それに近い話を聞いたのでなぁ」

「聞き捨てなりませんねぇ、それは……」

矢作屋は本気で心配顔をする。

表向き、矢作屋は千太郎が稲月の若殿である事実を知らないことになっている。

「なにゆえにあなたさまが命を狙われるのです」

「いろいろあるのだ、長い話がな」

「では、そのうちじっくりとお聞かせ願いましょう」

ふたりの会話に、法心は興味がなさそうだ。所在なさそうに袈裟を直したり、袖を引っ張ったりしていたが、

「そういえば、梓さんといいましたなぁ」

「はい」

いきなり声をかけられて、梓は身構えた。

「先ほど、町であなたのお身内のかたが、誰かと喧嘩して怪我をしているところを見た人がいましたよ」

「喧嘩ですか」

「とん吉さんといわれる方だと思いますが、稲月街道にあるなんとかという旅籠で、やりあっていたという話です」

「駿河屋……」

「旅籠の名前までは知りませんがねぇ。このところ皆さんは静かにしていると思っていましたが、また暴れだそうというのでしょうか」

梓は声が出ない。

法心が、自分たちのことを山賊と気づいていたのか、と気になったが、いまはそこを追及する場合ではない。

「とん吉が喧嘩で怪我……」

「とん吉さんといいますと、冬吉さんですね」

矢作屋が不安そうな目つきで梓を見た。

「そうです。すぐ行ってみます」

「私も行こう」

千太郎も頷くと、法心が叫んだ。

「そこにある舟を使ってください。そのほうが街道のはずれまで行くなら早い」

「ありがたい」

照次の舟は、すでに返している。

屋根舟だが、川の流れに乗るとそのほうが早く駿河屋に着くだろう。

千太郎と梓は、船着場に向かった。

船頭には、矢作屋が話をつけてくれた。どうせ戻り舟だからと船頭は、片肌を脱いで、

「まかせておくんなさい。矢作屋さんの顔をつぶさねぇように、稲妻よりも早く駿河屋さんに連れて行きます」

駿河屋専用の船着場もあるらしい。そこまで一気に流れ降りるというのだった。

寸の間も惜しんで千太郎と梓は、船に乗り込んだ。すぐ滑りだす。

ここまで来るときに感じた、城下のゆったりとした町並みなどは目に入らない、

「船頭さん、早く、早く」

せかす梓に、船頭もそのたびに声を返して艪の動きを速める。流れに乗っているのだから、それなりの速度は出ているのだが、梓にしてみるとそれでも遅いと感じるのだろう。

文句もいわずに、梓の無理な注文に応じる船頭の手は流石《さすが》に一流だった。艪と竿を

上手に操りながら、急流の場所も滑るように流れていく。

「お客さん、着きました」

返事をする暇も惜しんで、千太郎と梓は船着場から街道筋に上がった。

登りきるとそこは駿河屋の裏手になっていた。

「とん吉はどこでしょう」

梓は、目を三角にしている。そんなに焦ると見えることも見えなくなるぞ、という千太郎の言葉でようやく我に返る。

「駿河屋さんの誰かに訊いてみます」

そこに、どやどやと大勢の声が聞こえてきた。大きな声で叫んでいるのは、手下たちのようだった。

伝言を聞いた者たちが、山から降りてきたらしい。運ばれている戸板の上に人が横たわっている姿が見えた。首のあたりが血に染まっている。

斬られたのだろうか。だとしたら血が流れて命が危ない。思わず、梓は戸板のそばまで走り寄った。

「とん吉……」

「梓さん……」

戸板の動きが止まった。運んでいたのは、四人だった。それぞれの顔は不安と怒りでくしゃくしゃになっている。

「誰がやったの」

「わからねぇ……でも、駿河屋の人の話だと、ここ数日前に投宿した渡世人ふうの旅人だ、てぇ話です」

千太郎を山道で襲ったときの男で、一番年長の男が答えた。名を浅五郎《あさごろう》といい手下のなかでは皆をまとめる役目の男だ。

「そいつはどこにいるのです」

「あっという間に逃げてしまったそうです。現場を見た者の話だと、風のようだったといいますから、相当な遣い手でしょう。そんな野郎に喧嘩をふっかけるなんざ、とん吉も馬鹿だ」

「理由があったんでしょう」

千太郎たちの命を狙っているのかどうか、探ろうとしたのではないか。

戸板のそばについた千太郎に、手下たちは頭を下げる。

「親分、このままじゃ俺たちの気が治りませんぜ」

「それは私も同じだ」

「そうこなくっちゃ。どうしたらいいか命令してくだせぇ」

「まずは手を出すな」

「それはおかしい。いま仇を討つという話じゃなかったんですかい」

「この傷を見たら相当な遣い手だ。みんなが束になってかかっても、相手にならない。それならまずは、敵がどこに行ったのか、それを探るほうが先だ」

「まぁ、そうですが……」

矢ノ倉加十郎と思える男は消えた。

どこに行ったのか、皆目《かいもく》見当がつかない。この町に加十郎の知り合いがいるとは思えない。もし、そのような者がいるとしたら、最初から駿河屋には投宿せずに、そこに草鞋《わらじ》を脱ぐはずだ。

「親分……泣き寝入りをしろというんですかい」

浅五郎のとなりで戸板を摑んでいる若い男が悔しそうだ。

「そうではない。いまは奴のいる場所をみんなで探さねばならぬというておる」

その言葉に梓も賛同する。

「浅五郎……焦りは禁物だよ。ここは親分のいうとおり、じっくり腰を据えて野郎がどこに隠れているのか、探ったほうがいいよ。ただし、目立つのは困るからね」

「……仕方ねぇ。そうしよう」

浅五郎は、腕で涙をぬぐいながら、

「野郎ども、親分のいうとおりかもしれねぇ。今日のところは、まずはとん吉の体だけを心配することにしようじゃねぇか。元、医者だった野郎がいたな」

「幻庵《げんあん》とかいう医者くずれの野郎です」

若い男が答えた。

「よし、そいつにとん吉を診《み》せよう。いい塩梅にこの前、おっとだいぶ前です、親分が来る前に薬種問屋の野郎を襲ったことがある」

そのときに、薬をたくさん盗みとったといいたかったらしい。

「野郎ども、山に帰るぞ」

浅五郎の声は葬式のようだった。戸板を囲んでいる男たちの顔には、大粒の涙が流れ落ちている。その光景を見ながら、千太郎は立ち尽くしていた。

梓は肩を震わせて、必死に涙をこらえていた。

「山で待っている伝八の副親分に、なんて報告したらいいだろう……」

浅五郎の言葉が、雄川の流れとともに重く響いていた。

第四章　惨殺

一

鶴江は、大きくため息をついた。

父親の野川威一郎に、市之丞を籠絡《ろうらく》できたかどうか、問われているからだ。

父は、このところ焦っているように感じる。思ったように、ことが進んでいないからだろう。その第一は、千太郎君の動向がはっきり見えていないことにもある。

「どうした、鶴江」

「はい……」

「その顔つきは、まだのようだな」

鶴江は苦渋の顔を上げると、

「以前、許嫁《いいなずけ》だったお志津さんというかたを忘れられないのかと」

「それをお前が癒すふりをするのが仕事ではないか」

「いろいろとお声をかけてはいるのですが……」

「あの者がこちらについてくれたのは、ありがたい。だが、いつまた寝返るか知れぬ。なにしろ千太郎君とは乳兄弟だ」

「でも、それは杞憂《きゆう》ではないかと思います」

「なぜだ」

「千太郎君のことは、本当に嫌っております」

「お志津が斬られたからか」

「そのときの悔しさがあのかたを突き動かしているのは間違いありません。それは私が心から感じるものです」

「そうか……」

父親の威一郎は、市之丞をあまり信頼していないようだ。

「で、市之丞はいまどうしている」

「さぁ、いろいろと策を練っているとおっしゃっていますが」

「会っておらぬのか」

「会ってはおりますが、近頃、ふさぎがちでございます」

「裏切るのではあるまいな」

「それはありません」

鶴江はきっぱりといいきった。

あのかたに限って、私を裏切るようなことをするはずがない。きちんと父上を助けると約束した、あのときの顔に嘘はない……。

だけど……。

鶴江にしても市之丞の心の中を覗くことはできずにいる。

許嫁のお志津さんを亡くした悲しみは、ひしひしと伝わってくる。父はその気持ちを癒せという。

しかし、私にできることには限界がある。近頃は自信がなくなってきたのだった。

——私は市之丞さまに心を奪われ始めている……。

父の命《めい》は、とにかく市之丞を弟君側に引き込めというものだった。そのためには、すべてを投げ出せと。

女にとっては非情な命《めい》である。

心のなかで泣きながら、市之丞に近づいた。

初めはとっつきにくい人だと思った。

だが、ちらちらと見せる女に対するやさしい視線が鶴江の心を癒した。逆ではないかと思いながらも、その態度に鶴江の心にもやがて、変化が生まれた。

このかたなら……。

いままで男に心を奪われたことなど、ほとんどなかった。

こんなことがあった。

市之丞と歩いているときのことだ。鶴江が廊下で足を取られて、転びそうになったことがある。そのとき、市之丞は咄嗟《とっさ》に手を差し伸べてくれた。

支えてくれたのだ。

いままで父の家臣たちから、そのような心遣いをされたことはない。もっとも、筆頭家老の娘に手を伸ばすのは憚《はばか》られるのだろうが。

しかし、なによりも鶴江の体を慮《おもんぱか》ってくれた気持ちがうれしかった。

いままで父を通して男というものを見てきた。

父は女に対して、やさしさや気遣いなどとは無縁の男である。女は野垂《のた》れ死にしてもかまわないとでも考えているところがある。

でも、市之丞は違った。

——あのかたは、女に対してもわけへだてがない……。

新鮮な思いだった。

それ以来、鶴江の心のなかには、市之丞の存在が大きくなり始めていたのである。

その気持ちが相手に通じたかどうか、はっきりしないが、少しは感じてくれているのではないか、と淡い期待もあった。

「いかがしたのだ」

父親の声で、我に返った。

「いえ……市之丞さまをどのように扱ったらいいのか、思案しておりました」

「そうか。とにかく離れるでない」

「そばに居続けるようにいたします」

「だが、目的を間違うなよ。お前の仕事はあくまでも市之丞の気持ちを惹きつけておくことだ。どうせ、最後は死んでもらうことになる。それを忘れるな」

「はい……」

「いずれにしても、裏切りだけは許さん。もしそのような兆《きざ》しが見えたら、すぐにでも手を打つのだ」

「わかっております」

鶴江には厳しい言葉だった。

沈んだ顔の我が娘に、威一郎の目は鋭い。

娘の気持ちに小さな変化が生まれだしたのではないか、と疑っている視線だった。

「まぁ、よい。市之丞が千太郎君と敵対しただけでもお前の手柄だ」

ようやく頭を上げて、鶴江は答える。

「市之丞さまが送った刺客は失敗しました」

頷きながら、威一郎はふと視線を外し、

「ところで……」

肩の力を抜いて、部屋の隅に静かに座っている男に目を向ける。男はどこか存在が薄い雰囲気を見せていたが、それでもぎろりと視線を向けるときの瞳は鋭い。

只者ではないだろう、と思わせた。

佇まいが冷たいのだ。

その男がかすかに体を動かしただけでも、周りがどんどん冷えていくような、嫌な気配を漂わせている。

「そこでだ……以前から頼んでいる腕抜《うでこ》きがいる。この者だ」

静かに座っている男に目を移す。

「江戸から来てもらった」

「矢ノ倉加十郎と申す」

男が小さく頭を下げて、鶴江にちらりと視線を送ってきた。その瞳は、やもりを思わせた。

小さく頤《おとがい》を下げた鶴江に、威一郎は告げる。

「この者は本来は八丁堀の町方だ。だが千太郎君を殺したくて、ここまで身分を捨てて追いかけてきた。頼もしい男よ」

鶴江は驚愕する。

「若殿の刺客ということですか」

「そうだ。お前も聞いたことがあるであろう。江戸には、いや、いまや全国に散らばっているようだが、イヌワシという殺しの集団がいることを」

「イヌワシ、ですか」

「そうだ」

父の野川威一郎は、にんまりとする。

「それにこの矢ノ倉どのの尽力でな、あちこちからイヌワシの仲間が集結しているのだ」

「この稲月城下にですか」

「頼もしい話ではないか」

なるほど、と鶴江は得心する。

父の威一郎は、自分の手を汚さずに、イヌワシが若殿を殺したと思わせる術《すべ》を考えていたのだ。

「市之丞の策は失敗した。二度と間違いがないように力添えを願うのだ」

「しかし……」

この者たちを信じることができるのか、と鶴江はいいたくなった。所詮《しょせん》、殺し屋の集団である。いつ裏切るか、わかったものではないだろう。

それなら、市之丞にすべてをまかせたほうが安心ではないのか。

だが、その言葉を口に出すのは憚られた。

父の命《めい》は絶対なのである。

いままでも、父はそのようにしてここまで出世をしてきたのだ。それに弟君の幸二郎さまは、幼い頃一緒に遊んだ仲である。幸二郎君は、男の子なのにお手玉や絵合わせ歌留多《かるた》など、女の子の遊びが好みだった。

千太郎君は文武両道だったと聞く。

そう考えると、幸二郎君よりは千太郎君のほうが跡継ぎには向いているのではないか、と思えるのだが、

「それはそれ、話が違う」

と父は嫌そうな顔をする。

自分が幸二郎君の守役《もりやく》だったのだ、そんな顔になるのも無理はないだろう。しかし、いつから政《まつりごと》の中心に手を伸ばそうと考えるようになったのか。

あれこれ考えても、その境目が浮かんでこない。

「ひとつお聞かせください」

鶴江が矢ノ倉に顔を向ける。

「なんなりと……」

声までも、冬の冷えた空気のようだった。

「いままで何人斬ったのです」

「……はて、どうしてそのようなことをお訊きになるのでしょう」

「良心があるかどうかを聞きたかっただけです」

その言葉に、矢ノ倉は苦笑しながら、

「この仕事に良心などいりません。むしろ邪魔です。私たちは金をもらって、その人の恨みを晴らす。それだけです。いわば代理人。代理の人間に、良心などは必要ありません」

にやりと口を歪ませながら答えた矢ノ倉加十郎の顔が、鶴江にはまるで地獄、あるいは餓鬼道からやって来た使者のように感じられた。

「鶴……なんのためにそのような無礼を訊く」

その威一郎のことばを加十郎はいなした。

「野川さま。姫は私が裏切らないかと心配しているのです」

「まさか」

「良心があるかと訊いたのはそのためでしょう。この仕事はへたに良心などがあると、情が移ってしまうかもしれません。そうすると斬りたくなくなることがあるかもしれません。姫はそれを心配しているのでしょう」

「そうなのか、鶴……」

鶴江は、答えない。そうだともそうではないともいえなかったからだ。確かに、矢ノ倉の言葉にも一理はある。だが、誘い水をかけたのは、斬った人数をいうときの顔を見たかったからだ。

躊躇《ちゅうちょ》なく人数を伝えて自慢をするか、それとも苦々しい答え方をするか。そこから矢ノ倉加十郎という男の性分《しょうぶん》を知ることができると踏んだのだ。

おそらく、加十郎はそんな鶴江の気持ちに気がついている。その上で、あえて良心があるかどうか訊かれた、といってみせたのだ。

どうして話を逸らしたのか……。

自分が疑われていると野川に思わせたくなかったのかもしれない。

矢ノ倉加十郎という刺客は、存外、知恵が回るようだ。

「まぁ、よいわ。とにかく鶴は市之丞から目を離すな」

「はい」

加十郎と策を練るから、下がるようにいわれ、鶴江はその場から辞した。

部屋を出るまで、後ろから自分がじっと見つめられている感覚が体に残った。加十郎が背中に視線をピタリと当てていたに違いない。それは、人斬りの力なのだろう。

廊下に出てようやく、全身から力を抜き人心地がついた。

背中には、びっしょり汗が流れていた。

二

後ろに虎の絵が描かれた衝立《ついたて》が立っている。その目はまるでなにかをいままさに捉えんとしていた。

「怖い目ですねぇ」

父の野川威一郎と矢ノ倉加十郎から離れた鶴江が、衝立を見ながら、呟いた。鶴江の前には市之丞が座っている。

「いま、父上に呼ばれて、ある人に会ってまいりました」

「はて。誰です」

相変わらず市之丞の顔色はあまりよくない。

きちんと寝ていないのではないか、と鶴江は心配するが、本人はいたって健康です、としか応じない。

目の前にいる雰囲気からは、到底元気とは思えない。

市之丞は、文机を前にしてなにやら書き物をしていた。千太郎を探せ、と家臣たちへの指示でも書いているのだろうか。そう伝えるときも、市之丞の唇はほとんど動かない。

以前の市之丞を知らないからなんともいえないが、こんな冷たい顔をした人ではなかったとほかの家臣たちから教えられた。どうしてそうなったのか、意外だというのがほとんどの意見であった。

鶴江は、市之丞を見つめる。

重たそうな瞼がときどきひくひくと蠢《うごめ》く。癖かと思ったが、そうではないだろう。おそらくは疲れているのだ。

「きちんとお休みになっていますか」

「ご心配いりません」

「しかし……お顔の色があまり優《すぐ》れません」

「生まれつきですから」

どうしても市之丞は、鶴江に心を開こうとしない。それが、悲しい。

「市之丞さま……矢ノ倉加十郎という男をご存知ですか」

「……聞いたことがありそうですが。その男がどうかしましたか」

「父上が江戸から呼んだ男です。おそらく人斬りを陰の生業《なりわい》としている男です」

「あぁ……その男なら、千太郎から聞いたことがあります。ですが、矢ノ倉という名前なら、たしか江戸の町方ではなかったかと思いますが」

「はい、北町の定町廻り同心だったとか」

「その者がお父上のところへ来たというのですか」

「父が呼んだのです」

「なにゆえ……あ、刺客ですね」

「そのようです。千太郎さまの命を取るために……」

「そうですか」

市之丞がどんな顔をするか覗き込んでも、その内心まで推し量ることはできなかった。

「刺客ということは、いま城下でなにかと話題になっているイヌワシの仲間ということになるのでしょうか」

市之丞は息を苦しそうにしながら訊いた。やはり体調は良くないらしい。

「はい、間違いないでしょう」

市之丞の顔を見ながら答える。

「町方が人斬り集団の仲間だとは」

「江戸では、誰も気がつかなかったのでしょうねぇ」

「まさか、と皆思いますからね」

市之丞は顔を上げたが、すぐまた文机に目を戻す。

あまり鶴江の顔を見ようとはしない。それにはとくに理由がないのか、それともわざとそうしているのか、鶴江は焦燥感を覚えるだけだ。

自分の気持ちをきちんと伝えたほうがいいのかいけないのか。

だが、告白するとかえって嫌われてしまうのではないか、という不安もある。

会話が途切れた。

なにを書いているのか問おうとして、やめた。市之丞はよけいな会話を好まない。

ふと市之丞がなにかに気がついたように、

「お父上はどのようにしてイヌワシを知ることができたのでしょう。そんな人斬り集団に知り合いがいるとは思えませんが」

「さぁ、私にはよくわかりませんが、この町にはイヌワシとつなぎをつける人がいるようです」

「そんな輩《やから》がいるのですか……」

「以前はそんな剣呑な人たちはいなかったと思いますが……」

その言葉に鶴江はしまった、と唇を噛んだ。このように城下が荒れるようになったのは、野川威一郎が実権を握ってからだ、という町なかでの声を聞いていたからだ。

鶴江のいまの科白《せりふ》は、自分たちの陣営の悪口につながると気がついたのだった。

だが、市之丞はまったく別のことを考えているようだ。

「市之丞さま、なにをお考えですか」

「いや……イヌワシがこの町に来た理由を考えていました。野川さまが呼んだということになると、千太郎を殺すためでしょう。でも、それだけなのかどうか、と」

「ほかに理由があるということでしょうか」

「千太郎ひとりを斬るなら、集団でこの城下に集まる必要はありません。矢ノ倉とあとは数名、腕の立つ者がいるだけで十分ではありませんか」

「そういえば……確かにそのとおりです」

「城下には十人単位でよそ者が集まっていると聞き及びます。裏で私たちには考えも及ばない陰謀が蠢いているのではないか、そんな気がしてなりません」

「私たちが気がつかない陰謀とは……」

「それがわからないから、頭を痛めています」

それきり市之丞は、言葉をつぐんだ。

鶴江としても、なにか伝えたいことがあるような気がするのだが、それがはっきりしない。

——自分の気持ちを伝えたい……。

心のなかのもやもやは、これに違いない。

だが、いま伝えるのは避けたほうがいいかもしれない。いまの市之丞の頭のなかは、お家のことで一杯だ。

父親の野川威一郎と結託して、若殿を廃嫡しようとしている。市之丞を知らぬ者から見たら、出世のために手を汚しているのではないか、と後ろ指を指すこともあるだろう。

会話は止まったまま動かない。これ以上、そばにいても新たな策や、相談などはないだろう。鶴江は、そっとその場を離れた。

鶴江が消えた部屋で、市之丞は思案顔だ。

——イヌワシがこの町に集まっている……。

目的が不明だけに、気持ちが悪い。

しんとした座敷に、誰かが屋敷のなかで飼っている猫が音もなく入ってきた。首には鈴がつけられているが、壊れているのか、音は聞こえない。

そのために、ここまで紛れ込むことができたのだろう。音が鳴っていたら、誰かが追いかけてきたはずだ。

「どうした……お前の飼い主は誰かな」

人に話しかけるように、市之丞は声をかける。

猫は、文机の前で体を倒すと、丸くなった。

すぐそばに火鉢が置かれているからだ。体を温めたかったのだろう。猫はそのまますぐ目をつぶった。

まったく警戒心がない。ときどき目を開いて市之丞を見る。危害を加える相手ではないと安心するのか、また目をつぶる。何度か同じ仕種《しぐさ》をしながら、最後は本格的に眠ってしまったようだった。

「いやに人に懐《なつ》く猫だ」

苦笑しながら市之丞は、ひとりごちた。

少しだけ、気が晴れた一瞬だった。

三

稲月に春の訪れがあるように、江戸でも木々が芽吹き始めていた。

金龍山浅草寺《きんりゅうざんせんそうじ》の奥山《おくやま》では、大道芸がいままで以上に繰り出している。冬は寒いから隠れていたのだろう。

独楽《こま》回しに、ガマの油売り、女剣戟《けんげき》、手妻《てづま》使い……。

冷たい風に吹かれていた頃とは異なり、頬も緩むから口上《こうじょう》の声も大きい。

そんな喧騒のなか、南町定町廻り同心、波村平四郎と、山之宿の親分、弥市のふたりがぶらぶらと見廻りをしていた。

その顔にはあまり緊張感がない。これだけの人数が出ているのだ、普通なら巾着《きんちゃく》切《き》りが活躍する最適の場でもある。

同心と岡っ引きのふたり連れなら、そのような輩はひとりとして見逃さないはずだ。

だが、いまのこの様子では、巾着切りも大手を振って、仕事ができそうだった。

弥市は波平のとなりを歩きながら、

「旦那……なんだかやる気が起きませんねぇ」

「そんなことをいうな。どんどんやる気が失せていく」

「旦那も気持ちが落ちてますねぇ」

「……千太郎さんや雪さんが江戸から消えてしまった。神隠しでもあるまいし。いま頃、どこでなにをしているのか」

「北町の矢ノ倉さんまでいなくなりました」

「集団逃亡だ」

「どうなってるんですかねぇ」

後ろから誰かにぶつかられても、弥市は文句もいわない。普段なら十手《じって》をかざしているところだろう。

「矢ノ倉さんはどうしてんですかねぇ」

「あの人は、陰でなにやら怪しげな行動を取っていると有名だったからなぁ」

「噂どおりの人だったということですかい」

「殺し屋だな」

「ということは、千太郎さんと雪さんを狙って、後を追ったということでしょうか」

「違ってくれたらありがたいが……」

ふたりの頭のなかには、いろいろな思いがぐるぐる巡る。

三人に関して、まったく手がかりがないからいらいらさせられる。どうして一斉に消えてしまったのか。原因が弥市や波平には、まったく推量がつかない。

こんなふうだから奥山を歩いても、周りが目に入らないのである。見廻りの役目を果たせない日が長い間、続いていた。

そんなとき、ふたりに思わぬ話が舞い込んできた。

波平が筆頭与力、村田信兵衛《むらたしんべえ》に呼ばれたのである。

詰め所に呼び出された波平は、近頃あまり活躍していない行動を叱られでもするのかと、戦々恐々としていた。

「お呼びでございますか」

村田の前に正座して神妙な顔で挨拶をする。思わず筆頭与力の顔を伺う。普段とあまり変わりはないようだ。

「波村平四郎……どうだ近頃は」

「は……あの、どうだとは……」

「あまり精勤しているとはいえないらしいではないか」

「あ……あの、誰がそのようなことを……」

「悪い噂は、あちこちから入ってくるものである」

恐る恐る村田の表情を汲み取ろうとするが、普段から表情を変える人ではない。そのために、怒っているのかどうか判断に迷った。

「心配するな。叱責のために呼んだわけではない」

「では、どういうご用でしょう」

「稲月に行ってもらう」

「はぁ……あの稲月とは下総の稲月家、という意味ですか」

「そのとおり」

「あの……どうしてそのようなところへ」

「さぁなぁ、お奉行さまから直々の、内密の話なのだ」

お奉行からの……どういうことだ、と波平は頭を傾げる。

いままでお奉行の顔など数度しか見ていない。それがどうして、自分に白羽の矢が立ったのか」

「あの、稲月に大盗賊でも逃げたのでしょうか」

「それが、私にもよくわからんのだ。お奉行ははっきりいわぬが、どうやら田安さまからのお声がかりということなのだが」

「田安さまですって。それはまた、どうして……」

なにゆえに御三卿の田安家から、波平などに声がかかったのか。

「それが、よくわからん。とにかく、稲月へ行け。誰か御用聞きをひとり連れて行け。そしてイヌワシという殺し屋集団を追えという話だ」

「イヌワシ……」

なるほど。恨みを晴らす代理人のように聞いているが、近頃ではただの殺し屋集団に成り下がっているとの噂である。

「その者たちが稲月にいるというのですか」

「なにやらきな臭いのだ。稲月城下に集結しているという噂がある」

「ははぁ……」

なんとなく波平にも話が見えてきた。

――イヌワシに雪さんお付きのお志津さんが斬られたといっていた……。

その件となにか関わりがあるような気がしたのだ。

「それにな……」

村田は、そこでかすかに苦渋の目をする。

「北町の矢ノ倉加十郎を知っておるな」

「はい……」

「あの者は、イヌワシの一味であった、と判明した」

「やはり……」

「矢ノ倉が稲月に向かったという調べがついている」

「あの、それはどこからの報告でしょうか」

「田安さまの密偵からだという話だが、私にもはっきりしたことはわからぬ」

「どうして田安さまは、そこまでイヌワシにこだわるのでしょう」

「だから、わからぬことだらけなのだ」

村田も本当に裏の事情までは聞かされていないらしい。

「そうですか。でも、なぜ私が選ばれたのか」

「腕扱きだからであろう」

半分、自棄《やけ》のような村田の言葉だった。

本当にそうなら嬉しい話だが、もっと裏があるような気がしてならない。波平は、難しい顔つきのまま、

「これはご命令でございますか」

「断ることはできぬ」

「……わかりました。では、山之宿の弥市を連れて行きます」

「それがよい」

「承知いたしました」

さっそく波平は、弥市にこの話を告げた。

「稲月……って、どこです」

「知らぬのか。下総ではないか」

「ははぁ……あの稲月ですかい。なにやら江戸でおかしな行動を取っている若殿がいるとかいう」

「それは噂だろうよ」

「しかし……あの……その……」

「なんだ、その、はっきりせぬ物言いは」

「千太郎さんが……」

「なにをいいたい」

「ひょっとして、あの稲月の……」

「若殿だといいたいのか」

「違いますかねぇ」

「そんなことはどうでもよい。とにかく……ちょっと待てよ、確かにあの人の雰囲気はどこぞ身分の高い人のようだった」

「でしょう。それにあの雪さんというお人も、身分ある姫さまのような優雅さや気品を備えていました」

「ううむ」

ふたりは同じように腕を組んで、首を傾げる。

「旦那……若殿が江戸でばかなことをやって、城下が荒《すさ》んでいるという話を聞いたことがあるでしょう。でも、もしあの千太郎さんがその若殿だとしたら、そんな悪い噂を拭《ぬぐ》い去らねぇといけねぇ」

「確かに、馬鹿若殿という話だとしたら大間違いだ」

「でしょう」

「これは、一刻も早く稲月へ行かねぇと……」

「それに矢ノ倉さんがイヌワシの一味だとして、千太郎さんと雪さんを追って稲月に行ったと考えると、平仄《ひょうそく》が合いますぜ」

「だが、なぜ矢ノ倉が千太郎さんと雪さんを狙う」

「さぁ、それを調べに行くんでしょう」

「なるほど」

波平は、大きく頷く。

「稲月の若殿の名前はなんていいましたっけねぇ」

弥市が、十手を取り出して、肩をとんとん叩きながら訊いた。

「さぁ……千太郎であったような、違うような……まさか本名で江戸の町は歩かねぇと思うが」

「それが盲点になっていたんでさぁ。あの人のことだ、わざと本名を名乗って江戸の町に出ていた。本当に若殿が目の前にいるとは思いませんからねぇ」

「確かにあの人なら考えかねんな」

「ですねぇ。じゃ、旦那、早く稲月に行きましょう」

波平は、大きく首を振った。

四

周囲を見回すと、平野が続く。丘のような場所がいくつかある。

その一角に、少しだけ高い山道があるが、そこは裏街道だ。ふたりは旅用の手形を持っているからそんな道は歩かない。

平坦な町が特徴の稲月領に着いた。

主街道から稲月領へと入った波村平四郎と弥市のふたりは、思ったよりきれいな町並みに、目を瞠《みは》っている。

「ここがあの千太郎さんの城下」

弥市が、感動の声を上げた。

十手は懐に隠しているから、口を尖らせながら周囲を見回すこの男が江戸の御用聞きとは誰も思わない。

波平も、単《ひとえ》の着流し姿だ。八丁堀の格好で歩き回るわけにはいかない。隠密行動だからである。

「おやぁ……旦那、見てくだせぇ」

弥市がなにかを見つけたらしい。ひょいと路地のところに行くと、波平を手招きした。

「これはひでぇなぁ」

猫か、犬の死骸だろう、とんでもない臭気を放っている。

「表向きはなかなかいい町だが、一歩裏に入ると、こんなものが捨てられている。あまりいい城下とはいえねぇ」

波平が、鼻をつまみながら呟いた。

「これが証拠ですね。町が荒んでいるという噂は本当だったんだ」

波平も弥市も顔をしかめながら、目を見合わせている。こんな町になったのは、千太郎が江戸で遊び呆けているから、ということなのだろうか。

いるという。

だが、片岡屋の治右衛門から聞いた話では、稲月家では後継者争いが持ち上がって

「例の跡継ぎ騒動が、こんな荒れた町にしてしまったんでしょうかねぇ」

弥市はやりきれないという顔つきでいった。

本当に千太郎がこの町の若殿なのかどうかは、まだはっきりしていないが、もし、そうだとしたら、どうにも悲しい。

「おそらく稲月千太郎というのが、あの人の本当の姿だなぁ。姓は千、名は太郎、などとうそぶいていたが」

「この町のどこかに千太郎さんがいるんですね。雪さんも……」

「まずはふたりを探し出すか」

「イヌワシを捕縛するのが、あっしたちの仕事ですが、千太郎さんの手を借りたら早く捕まえることができます」

「跡継ぎ騒動で揺れているお城のなかにいたとしたら、会えないがなぁ」

「そうですねぇ」

弥市は、頭《こうべ》を垂《た》れた。地面の水たまりには、塵が浮いていた。

「まずは、泊まる宿を探そう」

波平の言葉で、ようやく弥市も自分に活を入れる。

「よし、いつまでも沈んでいてもしょうがねぇ」

「稲月に着いたら、稲田屋《いなだや》という米問屋を探せといわれているのだ」

「それは、どういう意味なんですかねぇ」

「おそらくは田安さまと、なにか因縁のある店だろうな」

「ははぁ……なるほど。稲月と田安さまの間には、なにやら重要な因縁がありそうですぜ」

「そう考えると、あれこれがうまくつながるな」

「雪さんが田安さまの姫様だったとしたら」

「ちょっと待て、もしそうだとしたら、俺たちはとんでもない無礼を働いていたことになるぞ」

「終わったことはしょうがありませんや。これは千太郎さんの受け売りです」

けらけらと笑う弥市の闊達《かったつ》さに、波平も思わず顔をほころばせた。

「確かに、もう終わったことだ。だが、これから会ったときはどうしたらいいんだ」

「なに、普段どおりにやれ、と千太郎さんならいいます」

稲田屋は街道筋から、少し町中に入ったところに建っていた。

　間口は五間ほどだから、それほど大店というわけではないが、大きな立て看板が老舗《しにせ》を感じさせる。店の前に埃《ほこり》よけとして掛けられている紫色の大きな暖簾《のれん》が厳《いか》めしい。

「さすが、田安さまと関わりのある店だ」

　店の前で、小僧が打ち水をしている。

「すまねぇが、旦那さまに取り次いでくれねぇか」

　弥市が声をかけると、

「どちらさまですか」

「あ……」

　弥市は、波平の顔を見た。どう伝えたらいいのか、考えていなかったのだ。

　ごほんと波平は咳払いをしてから、

「江戸から来た者、と取り次いでくれたらわかるはずだ」

　着流しだから小僧の目には浪人にしか見えない。それが、厳しい言葉遣いをしたから、目を回している。

「ちょっとお待ちください」

　慌てて、小僧は奥へ知らせに行った。

　すぐ、光り輝く千鳥格子の羽織を着た恰幅のいい男が出て来て、

「これはこれは、お早いお着きで、お待ちしてました。申し遅れました、私はここの主人、稲田屋助五郎《すけごろう》と申します」

慇懃《いんぎん》に頭を下げた。

普段、商家からは面倒なことの揉み消しを頼まれたり、袖の下で店の悪口などを抑えている町方のふたりだが、これほどていねいな挨拶を受けたことはない。

田安さまのご威光はすごいものだ、と弥市は頭のなかで呟きながら、

「世話になるぜ。弥市ってぇもんだ」

「私は、波村平四郎と申す」

「はいはい。しっかりご連絡をいただいています。ご身分を隠しての探索とか、ご苦労様でございます」

この助五郎という男は、すべてを知っているらしい。もっともそうでなければ、このように歓待はしてくれないだろう。

奥に通されたふたりは、どうぞこちらのお部屋をお使いください、と離れに連れて行かれた。ふたりのために、一部屋用意されていた。それも十畳はあるだろう。

「旦那……あっしはこんなでけぇ部屋で寝泊まりしたことなどありませんや」

「だまって着替えろ」

旅埃にまみれたままでは、話もできない。町を歩き回るにしても、不便である。

「それにしても、御三卿の姫様とはねぇ」

弥市は、やたらと感心している。

「こらこら、まだそうと決まったわけじゃねぇよ」

「決まったも同然でしょう。そうでなければ、あっしたちがこんなところで寝泊まりなどできるわけがねぇ」

「まぁ、そういえばそうだが」

波平は、部屋を見回した。

大事な客専用に造られた部屋なのだろう。欄間《らんま》は手の込んだ透かし彫りである。部屋に置かれている調度なども、金がかかっている。簞笥の取っ手などは、金色だ。

「すげぇもんだねぇ」

弥市は、感嘆しながらいつもの岡っ引き姿に戻った。だが、尻端折《しりはしょ》りはしない。本当ならその格好のほうが自分らしいのだが、この町ではやめておけと波平に注意をされたからだった。

十手は隠しているとはいえ、そんな姿になると目つきまでぎらぎらと変わる。

手甲脚絆《てっこうきゃはん》姿から、普通の着流し姿に変わった波平を見て、弥市が感心している。

「いつもの旦那とは見た目が違いますが、中身は戻りましたね」

「そういうお前もな」

ふたりにようやく、笑顔が浮かんだ。

江戸でのふてくされていたときとは大違いだった。目的がはっきりしていると人は変わるのだ、と波平が呟いた。

「それも千太郎さんの受け売りですかい」

「そうかもしれねぇ」

にやにやしながら波平が答えた。


さっそく、ふたりは町を歩いてみた。

江戸ほどの大きな町ではないが、街道筋に宿場があり、そこから城下まで長い道が伸びている。途中からは、くねくねとした道に加えて路地があちこちにあった。

「面倒なつくりの町ですねぇ」

弥市は、口を尖らせている。

「城下町は他藩から襲われたときの防備のために、まっすぐの道は造らぬのだ」

波村平四郎が蘊蓄《うんちく》を垂れる。

町は街道から入ったときよりも華やかな雰囲気に包まれていた。

春が近いということもあるのだろう、若い娘たちの顔は明るく、着物の柄《がら》なども桜の花があしらわれた小袖やら、明るい色の小紋などが多く見られる。

「江戸の娘っこほどは垢抜《あかぬ》けてねぇが、なかなかいい女がいそうです」

弥市は、すれ違う娘たちをにやにやしながら目で追いかける。

「嫁取りに来たわけじゃやねぇぜ」

波平が、冗談めかしていった。

「わかってまさぁ。でも、江戸から離れるなんてぇことはめったにあるものじゃねぇ。少しは楽しませておくんなさい」

「まぁ、いいだろう」

そう答える波平も、周囲を珍しそうに眺めている。

江戸でいえば日本橋に当たるのが、稲月の大手町というところだと聞いて、ふたりはその目抜き通りを歩いた。

大店が並び、若い娘たちが呉服屋の前にたむろしている。これからさらに暖かくなるから、そのための着物でも選びに来ているのだろうか。

二丁ほどの長さしかないが、それでも左右にはびっしりとお店が並んでいる。目つきの悪そうな男たちも歩き回っている。

「これじゃ掏摸《すり》もいますぜ」

弥市はつい商売の癖が出てしまう。

「そんないかにもというような目つきはやめろ」

波平も似たようなものだが、あまり強面《こわもて》の目つきではよそ者として目立つ上に、さらに異様に映ってしまうだろう。

「どこから調べますかねぇ」

弥市は、途方にくれる。唇が尖っているのは、困っている証拠だ。

「さあなぁ……。どうするか。このあたりに若殿はいませんか、と尋ねるわけにもいかねぇし」

「まずは、矢ノ倉加十郎を探しますか。あの野郎、最初から気に入らねぇと思っていたら、イヌワシの仲間だったなんて、ふてぇやろうだ」

「最初から、殺し屋だったかどうかはわからぬではないか」

「それにしたって、人殺しはよくねぇや」

吐き捨てるように弥市が毒づく。

矢ノ倉加十郎を探すにしても、どこから始めたらいいのか。ふたりがなんとなくそ

ぞろ歩きしていると、

「あれ……」

弥市が頓狂《とんきょう》な声を上げた。

「どうした。こんな場所でそんなおかしな声を出すなというとるに」

「それどころじゃありませんや、あそこを歩くふたりを見てくださいよ」

弥市が指差した向こうを見ると、侍と町娘が歩いている。

「旦那、あれは千太郎さんですぜ」

「そうかもしれねぇ。だが、となりにいるはどこの誰だ……」

千太郎のとなりには、若い娘が歩いていた。

「雪さんじゃありませんね。あんなに色黒じゃゃねぇ」

「それに、歩き方も少々、雪さんにしては品《ひん》がねぇな」

ふたりが品評会をしていると、

「おやおやおやおや……これはこれは」

千太郎が、にやにやしながら寄ってきた。となりの娘は数歩下がっている。

「旦那……あぁ、会いたかったぁ」

弥市がおおげさにその場に跪《ひざまず》く。

すれ違う者たちが目を剝《む》いているのもかまわない。

「こらこらこら。そんな大仰《おおぎょう》なことはやめにしろ」

「しかし、旦那、どこに行ったんですかい」

「ここにいるではないか。なにを血迷っておる」

わははと大笑いを見せながら、千太郎は波平に目を向けて、

「どうしたのだ、こんなところに」

声をかけられた波平も、感極まっているのか、声が出ない。それに、稲月の若殿だとしたら、簡単な声かけをするわけにはいかない、という目つきだった。

「安心しろ、私は私だ。片岡屋に居候している目利きの千ちゃんでしかない」

ふたりは稲月の若殿という身分に気がついたのだろう、と千太郎が先手を打った。

波平は千太郎に本当の身分を教えてくれとはいえない。もし本当に若殿だとしたら、身分が違いすぎる。いままでと同じというわけにはいかない。

だが、千太郎は見るからにいつもの目利きの千ちゃんだった。いや、それ以上にどこか不思議な雰囲気に包まれている。

となりにいる娘からちょっと変わった気が流れてくるからか、と目を向けると、

「ほい、紹介しよう。こちらは山賊の娘だ」

「は……どういうことです」

波平は、その言葉の意味についていけない。

「その言葉どおりであるぞ」

「しかし、山賊とは」

「山賊とは山賊だ。それだけではない。いま、私は山賊の親分である」

「ちょっと待ってくださいよ」

弥市が思わず、十手をかざそうとして、思いとどまりながら、

「いつものことですが、さっぱりわからねぇ」

説明してくれ、と目で訴えた。また懐に手を入れたのは、十手を摑んでいなければ、気持ちが落ち着かないからだった。

「では、ついてまいれ」

梓に合図をして、四人で歩きだした。行き先は、山にある隠れ家である……。

五

「雪さん……」

隠れ家に着いた弥市は、思わず叫んでいた。

ここが山賊の館だ、といわれて入ると、そこには雪が数人の荒くれらしい男たちに囲まれて、にこにこしていたからだ。

「ようやく来ましたね」

「あれ……あっしたちが来ると知っていたんですかい」

思わず、弥市が訊いてしまった。

大手町の通りを歩きながら、雪は田安家に関係のある姫ではないかと推量したばかりだが、すっかり忘れている。

「私は、千太郎さんと同じで、千里眼なのです」

「まさか」

そんなやり取りをしている間、手下たちの目には怪しい光が点灯していた。こいつらは誰だ、という目つきなのである。いまでは雪は、手下たちから見ると大事な姐御なのだ。

それに気がついた雪が、笑いながら、

「皆の者、このかたたちは私が以前から懇意にしている人たちです。挨拶しなさい」

「へぇ……」

「はぁ……」

「む……」

手下は、雪の言葉とはいえ得心していないらしい。思い思いの言葉で、波平と弥市に目を向け、かすかに頭を下げた。

「親分、これでいいですか」

訊いたのは浅五郎だった。年長だけあり、あまり不遜な態度はよくないと思ったらしい。

久しぶりにいつもの顔がそろったのだが、周りの雰囲気はまったく異なる。弥市も波平も居場所がないようにもじもじしている。

千太郎は、浅五郎に皆を連れて出ろ、と命じた。不服そうな顔をする面々だが、

「親分の命令とあれば仕方がねぇ」

野郎ども、といって浅五郎は手下を連れて出て行った。梓だけが残された。子分のなかでも伝八と梓は特別だ、とみんなは一目《いちもく》置いているから、不服そうな顔はしない。

手下たちが出て行くと、

「あぁ、なんだかふたりとも別人みてぇですねぇ」

弥市は、十手を取り出し、柄を持っている。ようやく落ち着いた顔つきだった。

「それにしても田安さまさまだ」

弥市が十手をひょういひょい動かしている。

「田安さま……」

千太郎は怪訝そうに由布姫の顔を見た。

目配せが戻ってきた。

どうやら由布姫が田安家に密かに助けを求めていたらしいと知り、苦笑する。そんな千太郎に、由布姫がにこりと笑みを返した。

「それにしても、どうして千太郎さんと雪さんはこの稲月へ来たんです」

「それは山賊だからですよ。だいたい、この千太郎さんは私たちの親分ですからね」

笑いながら答えたのは梓である。

「ばかなことというな」

弥市も波平もそれには得心しない。

千太郎と由布姫は江戸でも、自分たちは盗人かもしれない、と答えてみたり、物見遊山と答えてみたり、はっきりとは答えなかった。その伝《でん》からいうと、山賊だといわれても驚きはしない。

どうしても弥市はふたりの正体を知りたい。

だが、いきなり核心に触れるのは、憚られた。

「お志津さんを殺したのはイヌワシでした。イヌワシは殺し屋集団の名前でした」

弥市がおもむろに告げると、

「だからこそ、お志津の仇を討つためにここに来た」

「それも大事でしょうが……」

口を挟んだのは、梓だった。

江戸から来たふたりが町方とは聞いていないが、弥市が十手を取り出して、なるほどと得心がいったようである。

「じつは、うちの親分と姐さんは命を狙われているのです」

波平は、怪訝な目で千太郎と由布姫を見つめた。

「なに、そんなことは気にせんよ」

いつもと変わりのない態度を崩さない千太郎を見て、ひと安心ではあるが、江戸からこの稲月に来た理由を知りたくて仕方がない。

「千太郎さん……じつは」

決心したような目をする波平に、

「待て待て、いまは私のことはどうでもよい。いまは山賊の親分、それだけだ」

千太郎は、手を伸ばして制した。

先を越されて、波平は肩の力を抜いた。

本当に若殿だったら、どうしようかと思っていたからでもある。となりで弥市もため息をついているのは、同じ気持ちだったからだろう。

「矢ノ倉は、駿河屋という旅籠に泊まっていました」

梓の言葉に、弥市と波平は色めき立つ。

「野郎、すぐにでも捕まえましょう」

弥市が勢い込むが、

「いまはいません。消えました」

「消えた、だと……」

「どこかに隠れてしまったようです」

「わからねぇのかい」

「いま、全員で探しています」

「ははぁ、それで通りには目付きの悪い野郎がいっぱいいたんだな」

弥市は、大手町を歩くなかに、掏摸だろうと睨んだ男たちがいたのを思い出した。

奴らは掏摸ではなく山賊だったようだ。

「矢ノ倉は、千太郎さんが仇と狙っている事実を知っているんですね」

波平が問う。その顔はすでに八丁堀に戻っている。

「まぁそうだろうなぁ」

千太郎が答えた。

「そういえば伝八はどうした」

さきほどから姿が見えない。

「親父は、町です。矢ノ倉という旅人を探しています」

梓の父親が山賊だと知って、波平と弥市は目を剝いている。

「なんだ、親娘《おやこ》して山賊かい」

思わず呟いた弥市に、梓は真っ赤な顔をして、

「山賊のなにが悪いんです」

「人のものを盗ってるんだ、いいわけねぇや」

「まぁまぁ、それはそれで」

由布姫が、千太郎のような科白で止めた。

「では、これからどうするんです」

弥市は、どこから手を付けたらいいのか、まったくわからねぇ、ととまどいの表情

を見せる。

「まずは、今日はゆっくりしろ。明日から矢ノ倉を探そう。手下たちも動いている。なにか上がってくるかもしれんからな」

「そうですね。では、お風呂でも」

場所を教えますといって立ち上がった由布姫に、

「おや、こんな場所でも風呂があるんですかい」

「もちろんです。汗臭いままでは困りますからね」

「それはまた。山賊と風呂というのはあまりしっくりこねぇなぁ」

驚いている弥市に、梓は悪戯っぽく、

「五右衛門風呂です。表にありますから、猪や熊に食べられないようにしてくださいね」

「ひぇーー」

本気で飛び上がった弥市に、梓は大笑いを続けた。

その翌日、浜丸屋の惨殺死体が、雄川に揚《あ》がった。

第五章　能舞台の罠

一

普段は流れの緩やかな雄川が急流になったように見えた。

土地の町方たちがいなくなった後である。

殺しがあったのは、城が遠くに見える場所である。遺骸は、きれいな斬り傷で死んでいた。それも首を一閃《いっせん》されているのだった。並大抵の腕ではない。

かなりの凄腕に斬られたとわかる。

野次馬が少し残っていたが、雄川の遺骸には、薦《こも》が掛けられていた。

その薦のそばで中年の女が呆然とした顔で跪いている。

女は浜丸屋富八郎の内儀、お梶《かじ》であった。急いでこの場に来たのだろう、足袋《たび》が黒く汚れている。そばで番頭らしき男が、袂で瞼を拭っていた。

目がまるで死んだ人のようになっているお梶は、そっと薦を上げた。

首から血を流した富八郎の顔が現れる。

「旦那さま……」

お梶は、嗚咽《おえつ》をこらえているのだろう、胸が上下する。

「お内儀さん、見ないほうが」

番頭がそっと薦を元に戻した。

富八郎の足袋の裏も黒くなっている。足袋裸足《はだし》で逃げたのだろうか。どんな気持ちで逃げたのか、それを考えると辛くなる。

千太郎は、町方たちと顔を合わすわけにはいかないので、遠くからその様子を窺っていたのだ。

浜丸屋の内儀が肩を震わせている姿に由布姫はいたたまれない思いだった。

「誰があんなむごいことを」

由布姫の言葉に、千太郎は苦い顔をする。

「おそらくはイヌワシ」

「下手人は矢ノ倉ですか」

「ほかの仲間かもしれぬ。この町にイヌワシたちが集まっているという噂もある」

「許しません……お志津だけではなく浜丸屋まで」

由布姫は、やりきれないという顔を見せながら、涙を流している。

「それにしても、どうして浜丸屋が殺されたんでしょう」

弥市が、ぼそりと呟いた。

「私たちが住んでいる場所を提供してくれたのが、富八郎だったのです」

「ということは、千太郎さんや雪さんへの当て付けですか」

「そうともいえるな」

答えながら、千太郎は内儀を慰めよう、といって歩きだした。といってもどんな声をかけたらいいのか、由布姫はなかなか足が進まない。

それでもなんとか内儀の悲しみを軽くしてあげようと、千太郎の後に続いた。

「お内儀の名はなんというのだ」

千太郎が由布姫に訊いた。その声は怒りと悲しみの両方に包まれている。

「お梶さんです」

ふたりが遺骸のそばに着くと、薦をじっと見つめていたお梶が、ふと顔を上げた。

「雪さま……」

内儀も由布姫の身分は知っているが、弥市や波平がいるために、雪という名で呼んだ。

「どう慰めたらいいのか……」

声を詰まらせる由布姫に、

「仇を討ってください」

お梶の涙が辛かった。富八郎は自分たちを匿《かくま》ったから殺されたに違いない。

「必ず討ちます」

慟哭《どうこく》する内儀の手を握る由布姫の目は真っ赤だ。

お梶の涙を見ていると、どうしても仇を討たないと申し訳ない気持ちになる。殺したのは、おそらくはイヌワシだろう。矢ノ倉に違いない。

だが、敵はどこにいるのか。

「伝八たちはどうしたのだ」

千太郎の問《とい》も苦しそうだ。

「手下たちも血まなこになって、矢ノ倉らしき人物を探しまくっているはずですが」

梓の声も沈んでいる。

「なかなか、見つからぬか」

「どこに隠れたものでしょうか……」

「みんなに発破《はっぱ》をかけることにするか」

「はい……」

そばで聞いている波平と弥市は、その場からそっと離れて、

「弥市、なんとかかせねばな」

「といってあっしたちには、土地鑑《かん》がありません」

「とにかく、町のなかをしらみつぶしだ」

「それしかありませんねぇ」

となりで梓が、赤い目をふたりに向けて、

「私が案内しましょう。あんなお梶さんの姿を見せられたら、このままでいるのは、山賊の名折れです」

「山賊にも、人を憐れむ気持ちはあるわけだ」

弥市が、懐に手を入れる。十手の柄を握っているのだ。

「こんなときに皮肉はやめてください」

「……すまねぇ。つい、癖が出てしまった」

三人は、じっと雄川の流れと、お梶の涙を重ね合わせながら、佇むしかなかった。

その頃、伝八はひとりで町を歩いていた。

浜丸屋が殺されたと、賭場で佐多六から聞いたのだが、現場には行かずに歩き回っている。少しでも矢ノ倉を探す刻《とき》を取られたくなかったからだ。

——俺が見つけてやる……。

使命感だった。

浜丸屋の次は、千太郎か雪だろう。

そうはさせたくない。なんとか早く矢ノ倉という男がどこに隠れ家を持っているのか、見つけたい。そして早く千太郎に報告をしたい。

その一心であった。

いま、伝八は大手町から雄川沿いを進んでいる。いままでいた賭場で佐多六がいうには、よそ者の会話から、イヌワシという連中が集まっていると知った。

そして、そのひとりらしい男が、よく大手町を歩いていると聞かされていたからだ。

おそらく、その男もイヌワシの仲間なのではないか、と佐多六は教えてくれた。その男を探そうとしているのだった。矢ノ倉が見つからないのなら、その仲間の居場所を見つけるだけでも、手がかりになるだろう。

矢ノ倉の居場所を吐き出させたらいい。

そう思って、佐多六から聞いた人相を頼りに雄川沿いを流しているのだ。

周囲の木々は緑色に変わり春めいている。

だが、本来この町はもっと美しいはずだった。あちこちに塵など落ちているような町ではなかった。

「それが、どうしてこんな町になったんだ」

山賊とはいえ、稲月の城下の美しさには心が奪われていたのである。それがいつの間にか、塵やらねずみの死骸やら、ときには猫の死骸までも、そのあたりに捨てられていても平気な町に成り下がってしまっている。

いや、みんな平気なわけではない。

そうではないが、いつの間にかそのままにするような、悪癖が蔓延《まんえん》し始めたのだ。

それは、お城が荒れているから。その荒れた雰囲気が町民のなかにも浸透してしまったということだろう。

伝八は、舌打ちでもしたい気分である。

「こんなんじゃ、山賊のほうがまだ清く美しいぜ」

つい愚痴ってしまう。

佐多六から聞いた男の人相は、色黒で頬骨が高い。右目の下に切り傷があるという。それだけの特徴があれば、すぐ見つかるに違いない。

大手町は人が多い。そのなかからひとりを探し出すのは、難しいかもしれない。だが、伝八は見つけ出す自信があった。

「俺は、ついてるんだ」

そんな妙な自信があったからである。確かにいままでもツキだけで生きてきたような気がする。山賊の親分になれたのも、いわばついていたからだ。

先代は、侍ではなかった。町民であったことが伝八に幸いした。剣術がそれほど達者ではなかったからだ。

もともと山賊などになろうと思っていたわけではない。それでも、先代があの山道で襲ってきた。それをあっという間に一蹴した。

すると、山賊の親分になってほしい、と乞われたのだ。

「それは面白い」

そう思った。いままで頭《かしら》などやったことはない。どうせ仕官の口などあるとは思えない。山賊になって、面白おかしく過ごすのも楽しいのではないか。そんな単純な思いから親分になっただけである。

だから、千太郎に負けたときには、これで自分の役目は終わった、と思った。それだけのことである。

いつの間にか、独り言をいいながら歩いていた。

そのために、遠くからこちらに向かって歩いてくる男の顔を見過ごすところだった。

――奴だ……。

頬高で、目の下に傷が見えた。

着流しだが、その歩き方はいかにも剣呑な感じを受ける。この町で見るような男ではない。あれは遊び人か渡世人だろう。

伝八は、一瞬隠れようかと思ったが、それより奴の前まで行ってはっきり顔を見届けようと考え直した。

雄川からの風が一瞬冷たくなった。水鳥がばたばた音を立てて飛び立った。

その音に男が驚いたのか、足を止める。水鳥が羽ばたいているのを見ているらしい。

伝八は、そばまで進んでいった。

「いい天気ですなぁ」

思い切って声をかけた。男はじろりと伝八の顔を見つめて、

「お前、なにをしてる男だ」

「さて、なんのことでしょうか」

「町人ではあるまい。さしずめ盗賊か」

人殺しを商売にするような男だ、鋭い目つきだった。だが、伝八も負けてはいない。

「あなたさまも、相当人を殺してきたんでしょう」

「なんだと」

「いえいえ、私にはわかります」

男はじっと伝八を見つめる。なにかを量っているようだ。

「仲間ではないらしいな。となると敵か」

「はて、なんのお話でしょう」

「惚けるな。俺になんの用だ」

「別に惚けてなどいませんがねぇ」

「ふざけるな、怪しい奴……」

男は、そういうとすすっと雄川の河原のほうへと向かって走りだした。思わず、伝八は遅れてはならじと追いかける。

下に降りて、少し広くなった場所に男は立った。下は石がゴロゴロしている。男は足場を探した。伝八は後から追いかけたせいで、場所は不利である。

「斬る……」

男の声は急にさっきより低くなっていた。

「ちょっと待ってくださいよ。どうして斬られなければいけないのです」

「やかましい」

刀を抜いた。だが、その抜刀の速さに、伝八の目はついていけなかった。

それが敗因だった。

「く……どうやらおれのつきもこれまでか」

その呟きが終わる頃に、伝八の体はその場にどうと音を立てて倒れていた。心の臓に切っ先がずぶりと入っていたのである。

「あれは、伝八親分……」

その場を遠目から見ていた者がいた。手下の浅五郎だった。矢ノ倉を探して歩き回っているときに、伝八が男を追いかけて河原に降りた姿を見ていたのである。誰か見つけたのだろうか、と追いかけようとした矢先の出来事だった。

逃げる男の顔はしっかり見ていた。

「親分、いや副親分……」

倒れた伝八のそばに寄ると、虫の息で千太郎親分たちを頼む、と呟いた。それから血を吐いて息を引き取ったのである。

伝八の遺骸を浅五郎は、近所を歩いている手下たちを集めて隠れ家まで運んだ。とん吉が斬られ、そのまま落命していた。その後である。しかも前の親分が斬られたとあって、山賊たちは悔し涙に暮れている。

特に、梓の泣き顔を見るのは、辛かった。

伝八が斬られたと報告を受けた千太郎は、すぐお梶と別れて山の隠れ家に向かった。最初に見たのは、梓の悲しみの顔だった。

「敵はどんどん牙を剝《む》いてきましたね」

由布姫の言葉が湿っている。

「これで私も仇持ちになりました」

梓の声は、まるで地獄から響いているようだった。葬式はやらないという。敵《かたき》を倒してからだ、と浅五郎が歯を食いしばりながら言葉を絞り出した。

波平と弥市は声も出ない。

イヌワシを捕まえるのが使命だった。

だが、自分たちふたりがこの稲月の城下に来てから、あっという間に二人も斬られてしまったのだ。江戸にこれが聞こえたら、なにをしているのかと叱責を受けるのは間違いない。

「旦那……これはあっしたちも、もう少しふんどしを締め直さねぇと」

「わかっている。だが、敵の顔がいまだに見えねぇ」

「伝八さんは誰にやられたんでしょうねぇ」

「手下たちによれば、矢ノ倉ではなさそうだな。顔の浅黒い男だったという。矢ノ倉は色白だ」

「そうですねぇ。でも、その男もイヌワシなんでしょうか」

「おそらくな……」

ふたりの会話をそばで聞いていた千太郎が、

「賭場に行ってくれないか。伝八は賭場の佐多六からなにかを聞いていたらしい」

へぇ、と答えた波平と弥市はすぐ行きますといって出かけていった。

二

座敷では、市之丞が野川威一郎の前で覚悟を語っていた。普段はどんなことが起きてもそれほど驚きはしない野川の顔が、驚きを見せている。

「千太郎君を自分で斬るというのか」

市之丞が頷く。その顔は、死を覚悟していると見えた。

それを鶴江はひしひしと感じている。

「市之丞さま、それはどういう心境でございましょう」

なんとか危険なところからは引き離そうとする鶴江の必死の気持ちが、顔に出ている。

いままでは刺客を放っていたはずだ。それをどうして今度は自分で斬るといいだしたのか。なにか市之丞の心のなかで変化があったのだろうか。

いろいろ問い詰めたいのだが、その言葉がなかなか出てこない。

「心境の変化はありません」

鶴江の気持ちに気がついたのか、市之丞が答えた。

「でも、いままではほかの手を使っていたではありませんか」

「それでは埒《らち》が明かなくなったからです」

「どういうことです」

「どうやら山賊が斬られました。それはおそらくイヌワシの仲間の仕業でしょう。野川さまの御屋敷に居候している男がいましたね」

じろりと野川に目を送る。

「う……それは矢ノ倉加十郎のことだな」

「その者が、山賊たちを斬ったのでしょうか」

「さぁ、それは知らぬ。あの者が普段なにをしているのか、本人の口から聞いたことはない」

「それは、ぬかりがあるというものです」

野川はむっとする。そんな言葉を吐かれたことは、いままで一度もなかったはずだ。市之丞に変化が起きているのは、確かのようだった。千太郎の命を奪うことができずに、焦っているのかもしれない、と野川は市之丞を見つめる。

「いろいろ考えて、私がやったほうが早いという結論に至りました」

その言葉に嘘はないのだろう。

鶴江は、市之丞のそばまでにじり寄り、

「そのような危険なことはおやめください」

「やめません。それがいま、私にできる最大の使命です」

「そんなことは誰かにやらせたらいいではありませんか。あの矢ノ倉という者が江戸から出て来たのは、若殿を斬るためでしょう。父上もなんとかいってください。返り討ちになったら困ります」

だが、野川の答えは非情なものだった。

「鶴……本人がそうしたいというのだ、まかせよう」

「そんな……」

涙を隠しながら、鶴江は自室に駆け戻った。

あの場にあれ以上いたくなかった。父に恨み言をいいそうになったからだ。いままで父親に反論などしたことはない。また、反論などできないように教えを受けている。

「私はどうしたらいいの……」

市之丞が千太郎君を斬るという。

成功したらいいが、千太郎君の強さを城内で知らぬ者はいない。そんな人と戦って、果たして勝利することができるのだろうか。

「市之丞さま……死んでは嫌……」

そして――。

野川の部屋から辞した市之丞は、城のなかの自室にいた。

部屋の隅に行ってなにかを取り出した。刀掛けから大小二刀を持ち出す。

取り出したのは、砥石《といし》である。

桶を置きそれに水を張った。

しばし、大刀を抜いて垂直に持った。鈍い光が市之丞の目に映る。

これまであまりこの刀を抜いたことはない。いままでそのような剣呑な場にあったことはなかったからである。今後もこの刀を使う日は来ないだろうと思っていたのだ。

だが、まさかこのような日が来るとは。

そろそろ夕刻だった。障子越しに外から入る夕陽の光を、刀身に映してみた。

「美しい……」

淡い光が刀に当たり、不思議な色合いを帯びている。じっと見つめていた市之丞の顔も、血がめぐったのか赤く変わる。

「斬る……」

静かに囁いてから、大刀を研ぎ始めた。

しゅ、しゅ、しゅ、しゅ。

研ぎの音が静かに響き渡る。

「斬る……斬る……斬る……斬る……」

何度も何度も何度も、呟きながら市之丞は研ぎ続けていた……。

それから半刻の後だった。

野川が市之丞のところにやって来た。ちょうど研ぎが終わった頃合いであった。

「話がある」

野川は、廊下から声をかけた。砥石を片付けながら、

「はい……」

市之丞が応対する。

野川は襖を開けて、

「ちと、私のところに来てくれ。あれからいろいろ思案したのだ」

「承知いたしました。すぐまいります」

それから、野川は鶴江のところに行き、同じように呼び出した。

鶴江の顔は浮かない。さきほどの市之丞の覚悟を聞いてからだと父の威一郎も気がついているが、ことさらその件を持ち出すことはしなかった。

市之丞と鶴江が座に着くと、矢ノ倉が隅に座っている。相変わらず冷えた雰囲気を

醸し出している。

　三人を見回してから、野川は語りだした。

「桜屋敷に、千太郎君を招こうと思う」

　稲月の春は最高潮になろうとしている。梅は終わり、桜の花がぽつぽつと開き始めているのだ。それを見越しての野川の言葉のようであった。

　稲月で桜の名所といえば、雄川沿いの土手である。町人たちは土手に筵を敷いたり、河原に降りて川側から花見を楽しむ。

　いま野川が口に出した桜屋敷というのは、大殿である和泉守が好んで花見をする屋敷の名であった。千太郎も幼き頃、そこで父の和泉守と花見をしたことがある。市之丞はそのとなりに侍《はべ》っていた。

「大殿様が好きな場所ですね」

　鶴江が父親の威一郎に目を送る。

「そうだ。そこなら、千太郎君も誘われたら断れぬであろう」

「いま、大殿の病はどうなのです」

「典医の宗庵《そうあん》が診ている」

「私たちにも、大殿のご病気の様子はまったく入ってきませんが、どういうことなのですか」

「それは、私にもわからぬことだ」

病だという話は城内の者は皆聞いているのだが、床《とこ》に臥《ふ》せっているという宗庵の言葉しか聞いたことはないのであった。

「おかしな話ではありませんか。筆頭家老の父上が知らぬとは」

「そうなのだが、大殿が直々、宗庵に完治するまで人は呼ぶなといわれたそうなのだ。もっともその言葉を聞いたのは、宗庵ひとりということだ……」

「本当にご病気なのですか」

すると、市之丞がごほんと咳払いをして、

「大殿のお言葉をお疑いになるのですか」

鶴江にきつい目を送った。

「あ……いえ、決してそのようなことはありません。ただ、私は大殿のお体が心配なのです」

「宗庵がついているのですから、よそからあれこれいうのは僭越《せんえつ》です」

「……申し訳ありません」

鶴江は首を垂れた。

どうして市之丞がそのような強い言葉を発したのか。

野川威一郎は、市之丞を不思議そうに見た。

これまで、それほど強い言葉を放ったところを見たことはない。宗庵が大殿の病を診ているのは、確かだろう。どうして市之丞はあれほど声高《こわだか》になったのか。その理由が不明だった。

だが、野川は問う代わりに大事な話がある、と囁いた。

「城下で千太郎君を見た者がいて、探したと誘うのだ。酒宴中に市之丞どのが千太郎君を斬る」

浜丸屋の寮はとっくに調べがついている。

それだけではない、山賊たちの親分になっている事実も摑んでいた。野川は市之丞がそこまで調べてくれたから、新しい策が生まれたという。

「桜屋敷にお招きしてどうするのです」

鶴江は、あまり剣呑なことは避けたいのだろう。その話には乗り気ではなさそうである。

「決まっておる、斬るのだ」

「応援が必要でしょう」

なんとか市之丞を助けようと、鶴江は必死である。

「もちろんだ。矢ノ倉加十郎どのが後ろを固める」

名前を出されて、矢ノ倉はふふっと冷たい笑みを浮かべた。笑っているのか、馬鹿にしているのか、不遜な態度に鶴江は眉を寄せた。

「まかせておいてもらおうか。浜丸屋、山賊の伝八、そして次は……」

矢ノ倉が刀を抜いてぴたり野川の喉に突きつけた。その目はやはり不遜に笑っている。冷たい顔がさらにその雰囲気を高まらせる。

「たわむれが過ぎるぞ」

野川が嫌そうな顔をした。

「まぁ、山賊を斬ったのは私ではありませんが……」

「伝八とかいう男だな。誰がやったのだ」

「さぁ、おそらくは私たちの仲間でしょうが、顔も名前も知りません。むしろ野川さまのほうがご存知かと……」

「ううむ。私もよく知らぬ」

「では、誰が私以外のイヌワシを集めているのです」

「……それはいまはいえぬ」

「ということは、ちと危ない話だというわけですね」

「そう思ってもらっていい」

ふっとまた矢ノ倉は目を細めて、

「なるほど、野川さまはなにやら画策しているようですな」

「なんのことだ」

「さぁ、私にはわかりかねますが、ただ、千太郎を斬るだけではないのではないかと思ったまでのこと」

「埒もない」

野川威一郎は、不愉快そうに顔を背《そむ》けた。

鶴江は、矢ノ倉の最後の言葉が気になっているのだろう、不安そうな目を父親に向け続けていた。

三

山賊たちは、伝八の仇討ちをしようとやっきになっていた。なんとかそれを抑えようと、連中が暴発するのを止めているのは、梓であった。自分が一番父親の仇を討ち

たいのだ、といいながら、

「いまは、千太郎親分の言葉を信じて時期を待とう」

その言葉は重い。

男どものなかでは、一番年長の浅五郎が梓の言葉を皆に伝えた。ふたりが、待とうと結論づけているのだ、勝手な真似をするわけにはいかない。手下たちはそのときのために、いまは準備をする時期だと考え直したのである。

いっぽう、山から降りた千太郎と由布姫は、浜丸屋の寮にいた。

寮の庭に桜の木はないが、周囲にはところどころ花の景色を見ることができた。江戸の春が懐かしい。

「いま頃、飛鳥山《あすかやま》あたりは大勢の人でごったがえしているでしょうねぇ」

由布姫が懐かしそうな目をする。

「墨堤《ぼくてい》もそうであろうな」

千太郎も、腕を組みながら江戸の春を思い出しているようだ。由布姫は、そんな千太郎の袖を摑んで、

「早く江戸に戻りましょう」

ちょいちょいと引っ張った。

「ふむ……」

「どうしたのです。嫌なのですか」

「まさか、そんなことはないが……」

「なにか気になることでもおありですか」

「すぐ戻れるかどうか、わからぬと思うてな」

「はて、それはまたどういう理由で……あ、もしかしたら」

「ふむ、公儀に届けなければならぬかもしれんのだが」

「……そういうことですか」

要するに、大殿から家督を譲られるかもしれない、と千太郎は考えているのだった。

由布姫がいるのだから、公儀に対する届けも難しくはない。

だが、そうなると江戸に戻るのはいつのことになるのだろう。まったく予測がつかない。

「まぁ、いまはまだわからぬ。わからぬことを考えても無駄だ」

「はい」

確かにそうです、と由布姫は笑いながら答えた。

江戸の思い出話に花を咲かせていると、戸口のほうから訪いの声が聞こえてきた。

「誰でしょう」

いま頃、訪ねてくるのは山賊の仲間かと思ったが、その声音にしても、慇懃な言葉遣いにしても、山賊とは思えない。

怪訝な顔で由布姫が出迎えた。

そこには、きちんとした身なりの侍がいた。ふたり連れである。

ひとりは、上原源次郎《うえはらげんじろう》と名乗り、もうひとりは大八木小七郎《おおやぎこしちろう》と名乗る。

「筆頭家老、野川さまの使いでまいりました」

「野川さまの……」

ますます由布姫は訝しげになりながら、

「どのようなご用でございましょう」

「じつは……」

語るのは主に大八木だった。顔が四角く言葉遣いまでも四角い雰囲気である。

「野川さまから、若殿をご招待いたしたいとのご伝言でございます」

「ご招待とは、なんです」

「はい、桜の時期になりましたゆえ、若殿にはご健勝と将来の名君を目指す主への花祝いとでも申しますか、そのようなものでございます」

「花祝いと……」

後ろから千太郎が顔を出した。

「野川が私になんの用だ。弟を跡継ぎにしようとしているのは、野川であろう」

「は……それは誤解とのことでありまして、そのお間違いを正したく、はい」

「ほう、私を廃嫡しようとしている輩がいるというのは、嘘だというのかな」

「まさに、その嘘と偽りを払拭《ふっしょく》せんといたしてのご招待というわけでございます」

大八木の物言いに、千太郎は含み笑いしながら、

「おぬしは野川の言葉を信じておるのか」

「……どういう意味でございましょう」

「どうだ、そちは上原と申したな」

「は……」

名前を呼ばれて、上原は慌てて頭を下げる。

「まず第一には、若殿のお国入りを祝した宴にご招待したいと申されております」

「野川は私を廃嫡したいのではないのか」

苦笑しながら、千太郎が問うと、

「江戸でどのくらいご成長なされたのか、それを知りたいと」

「私の力を量る気か」

「噂の才を見せていただきたいとの言付けでございます」

「なるほど」

「由布姫さまもご一緒に、とのことでございました」

千太郎は由布姫の顔を見た。その顔は、やめておきましょうと訴えている。だが、千太郎は、

「よかろう。その招待、受けると野川に伝えろ」

「これはこれは、うれしきかな。わが主、野川威一郎も喜ぶことと存じます」

大八木が、妙に堅苦しい返答をした。しごく真剣な目つきをしているから、よけい笑いがこみ上げてくる。

「大八木、お前はどこの生まれだ。稲月ではあるまい」

「これはしたり。私は生まれも育ちも稲月の水を飲んで成長してまいりました」

「ほう、そうであったか」

すると上原も、慌てて前に体を倒しながら、

「私も同じでございます。若殿のお顔を拝しまして、感激でございます」

「そうか。では、帰って良い」

は……と頭を垂れてから、ふたりは戻っていった。

使者が帰ると由布姫が顔をしかめながら、

「あからさまな罠です」

吐き捨てるようにいった。もちろん、千太郎もそれには気がついている。使者のふたりは、野川の一派ではあるまい、と笑う。

「ということはあの者たちは、野川の息がかかっている者とは違うのですね」

「自分寄りの家臣では、私を騙すことができぬとでも考えたのであろうなぁ。話をしている間に馬脚《ばきゃく》を露《あらわ》してしまうかもしれぬと思ったのであろう」

「さすが筆頭家老になるだけはあるようです」

「確かに……」

もちろん、侮《あなど》ってなどはいなかったのだが、このように慎重な態度を見せられると、敵ながらあっぱれという気持ちになる。

「面白い。こうなったら乗ってやろうではないか」

千太郎は、にやりと笑う。しかし、由布姫は簡単に乗るわけにはいかない、という目つきで、

「市之丞が襲ってくるかもしれません」

その言葉に、千太郎は腕を組みながら、天を仰ぐ。

「その危険はあるが、それならそれで正面から戦ったほうがすっきりするではないか」

「命を落としてしまったら、元も子もありません」

「私は、死にはしませんよ。簡単に負けもしません」

「もちろん、信じてはいますが……」

もともと楽観的な千太郎である。少々のことではへこたれるようなことはない。それは由布姫も十分承知の上での言葉なのだ。

「それにイヌワシも。いまだに、誰が雇ったのか、わかっていません」

「おそらく野川であろう」

「それなら、なおさら危険です」

「虎穴に入らずんば虎児を……だよ、由布姫」

「……そこまでいうのでしたら」

根負けしたのか、由布姫はようやく頷いた。それを見て、千太郎は笑みを浮かべながら、

「いざ……」

腕を伸ばした。それに応えるように、由布姫も、

「……いざ」

手を伸ばして、ふたりの腕が組み合わされる。がっちりとふたりの二の腕が交差して絡まった。

「虎退治だ」

「イヌワシ退治も」

そういってから、由布姫の顔がほころび、

「それが終わりましたら……フフ。おわかりですね」

「由布姫がそろそろと思っておるのなら」

「それは千太郎さまが決めることです」

「ほう」

「お惚けもいい加減になさったほうがよろしいかと」

「ふむ」

由布姫が組んでいた手をはずして今度は、手のひらを差し出した。

千太郎がその掌《てのひら》を自分の手で包んだ。

「温かい……」

　ふんわりとした由布姫の声だった。千太郎は、何度も由布姫の手を撫で、さすりながら、

「いよいよ最後が近づいてきた……」

「はい」

「失敗はせぬと思うが、いざとなったら」

「私も死にます」

「もちろん、そんなことにはならぬがな……」

　ふたりの間に絆を感じる風が少しの間、流れた。外から風が入ってくるのか、部屋の障子がかすかに揺れている。その揺れはまるでふたりの気持ちを表しているようであった。

　いくら虎穴に入らずんば虎児を得ずとはいえ、危険のなかに飛び込むのである。業火に身を投じるようなものだ。覚悟がなければ、できない。

　手を外すと千太郎がいった。

「そろそろ波平さんや弥市、手下たちにも私たちの正体を知らせてもよいのではないか」

千太郎の言葉に由布姫もそうですね、と応じた。

「虎退治やイヌワシ退治をするにはあのかたたちにも手伝ってもらいましょう」

「必ず、大きな力になってくれるはずだ」

「もちろんです。それに梓さんは父親の仇討ちもあります」

「浜丸屋の仇も討たねばならん」

千太郎は五郎太を呼んで、波平と弥市がいる稲田屋に行ってくれと頼んだ。もし、町に出ているのなら、伝言を頼めばいい。それを聞いたら飛んで来るだろう。

さらに、梓も呼んできてくれ、と告げる。

「いよいよとなると、梓は張り切ることであろうなぁ」

「もちろんです。浅五郎さんも手ぐすね引いて、私たちが立ち上がる日を待っているはずです」

ふむ、と千太郎は目をつぶった。

四

その日の夜、波平、弥市、梓の三人が集まった。さらに遅れて、浅五郎もやって来た。

「なにやら重大な話があるってんで、あっしも仲間に入れてやってくだせぇ」

浅五郎は、気後れもなく輪になって座っている場所の一角に進むと、でんと腰を下ろした。

「さすが、山賊の長老は雰囲気が違うなぁ」

弥市の言葉に、浅五郎は長老などと年寄りにするな、と眉を逆立てる。町中を歩き回っていたせいか、それでなくても浅黒い顔が、さらに日に焼けて黒くなっている。

そのために、迫力が増しているのだ。

「うへぇ、山賊に怒られたぞ」

そのひょうきんないいように、全員の肩の力がほぐれた。

「さて……」

車座のなかでも少し後ろになって上座の雰囲気を出していた千太郎が、皆を見回す。

ひとりひとりの目を見てから、

「もうすでに気がついてるかもしれぬが……私と雪さんの正体をここではっきりさせたいと思う」

その言葉に、波平と弥市がぐぅとおかしな声を出した。

「いや、失礼をいたした」

波平が弥市と目を合わせながら、頭を下げる。いままでどうしてもはっきりしなかったふたりの素性が、ここでようやく日の目を見るのだ、興奮しないわけにはいかないのだろう。

「大盗賊で、山賊の親分だなどとはいわねぇでくださいよ」

「そんなことはいわぬ。これから話すのは、本当のことだ……」

かすかに息を吐いた千太郎は、もう一度、皆の目をひとりひとり見つめてから、

「私は、稲月千太郎。つまりこの稲月家の跡継ぎである。そして、ここにいる雪さんは、じつは由布姫といい田安家ゆかりの姫である」

しんとした空気がその部屋を包んだ。

一瞬、皆の頭のなかは、混乱しているのだろう、ひとりとして言葉が出ないらしい。呆けたような顔つきになっている。

梓は知っているにしても、こう目の前で宣言されると、その感動がまた全身を包み、震えが止まらなくなっている。

「やはり……そうでしたか」

ようやく吐き出すように言葉を継いだのは、波村平四郎であった。さすが侍で、こ

のようなときは、どうしたらいいのかわきまえている。

「皆、頭が高い」

全員が、あっという顔をして、頭を下げた。

「そんなことはせんでもかまわん。これから敵と戦うために、このように正体を明かしただけであるからな」

すると、浅五郎ががばと平伏して、

「伝八親分、いや、前の親分の仇を討ちてぇ。そのためにおふたりの役に立たせておくんなさい」

千太郎の言葉を切った。

「虎退治とイヌワシ退治を手伝ってもらいたい」

千太郎が、さらに続けた。

もちろん、と全員が応える。皆、拳を握るほど興奮しているようだ。

波平は、弥市と目を合わせながら、

「このために田安家から派遣されてきたと、いま知りました」

由布姫が、はい、と珍しく女らしい返答をして、その場の雰囲気を和《なご》ませた。

桜屋敷は、千太郎の父が愛《め》でている屋敷だ。造られたのは、父、和泉守が二十歳になったときだという話である。それ以来、和泉守は春になると、この屋敷で花見をしたり、人を集めて茶会などを開くのが常だった。

回遊式の枯山水ふうの庭。大きな石などが置かれていて、それがなにやら禅を体現しているという話だ。

さらに富士の浅間《せんげん》神社を祀った築山《つきやま》。その築山を登るだけで、富士山に登ったと同じだけの気分になれると、和泉守はことさら好みだった。

広大な庭への道は桜が並び、さらに庭には数百本の桜が植えられ、ときには領民にも開放することもあった。

招待を受けた千太郎がその桜屋敷に向かう。

その陰で、浅五郎が手下たちを呼んでいる。もちろん、どこかに波平と弥市も隠れているはずだった。

そして、桜屋敷の敷地に入ってかなり進んだところに、

「なんだ、これは……」

これまでの桜屋敷にはなかったものが目に飛び込んできた。

周りは紅白の幕で囲まれていた。内部に本日の宴席が設えてあるという。なるほど

花祝いという表現がぴったりではあるが、

「こんな幕のなかで襲われたら、誰の目にもとまらぬということだ」

おそらくは野川威一郎の計画だろう。用意周到とはこのことだ、と千太郎は改めて、敵が命を狙っていると覚悟を決める。そうでなければ、これほど、周囲から孤立したようなものをつくる必要はない。

幕囲いの前で、野川以下、重鎮たちが勢揃いしていた。

野川が一歩前に出て来て、慇懃に頭を下げる。

「なかなかの宴席ができたそうではないか」

千太郎が声をかけると、野川は、はいと平伏しながら、

「お褒めに預かり嬉しい限りです」

「宴が楽しみだぞ」

「お楽しみください」

野川は不敵に笑う――。

その横には、市之丞が神妙な顔つきで下を向いていた。目を合わせるのが怖いのか、それともほかに理由があるのか、千太郎には判断はつかない。いずれにしても、油断はそのまま命取りに繋がる。

矢ノ倉や、他のイヌワシたちもどこかに隠れているはずだ。

だが、その顔はもちろん見えない。いつどんなときに襲われるか。わずかな間でも隙を見せるわけにはいかない。それだけに緊張はなかなかほぐれない。

それでも、千太郎も由布姫もそのような表情は見せずに、

「いやいや、これは楽しみ、楽しみ」

いつもの千太郎と変わりのない態度を見せていた。

大八木がやって来て、

「どうぞ、こちらへおいでください」

慇懃な態度で先に進みながら、千太郎がついてくるかどうか確認している。

幕のなかには大きな能舞台と宴席が設《しつら》えてあった。

「ほう、これは」

「能舞台でございます。若殿がお好きだとお聞きしておりますが」

「なるほど。では、能でも始まるのかな」

「はい。ですが能だけではありません」

「はて、ではなにが始まるのだ」

「それは、見てのお楽しみとさせていただきます」

「ということは……」

「はい、私が野川さまより命《めい》を受けて、差配いたしました」

大八木は誇らしげに、語る。大きな仕事を頼まれ、出世の糸口になるとでも感じているのだろう、なんとか千太郎にも気に入ってもらいたい、という気持ちが顔に現れている。

大八木は舞台の正面に造られた雛壇《ひなだん》に、ふたりを連れて行く。能舞台全体を見回すことができるようになっている。これなら敵が現れてもすぐ逃げることができるだろう。

これだけ視野が確保できている場所では、襲うほうに危険が伴う。すぐこちらに見つかるからだ。

――少しはゆったりできるかな。

舞台を楽しむことができそうだった。

由布姫は、周囲に目配りを怠らない。幕の入り口の警護の形をしっかり把握しようとしているようだった。

「ここの警護は、わりと穴がありませんね」

襲うほうが難しいという意味だ。

「守りもわりと計算されています」

「この囲いや、警護の配置などはおそらく市之丞の策であろうな」

「敵なのに、それはどういうことでしょうか」

「ということは、この場では襲いませんという謎かけだろう」

「いずれにしても、ほかの場所に危険があるということになりますね」

「いずれにしても、油断は禁物だ」

「はい……」

真剣な目つきで、また由布姫は周囲に目を配る。

主席に千太郎と由布姫。そして千太郎の弟、幸二郎が座った。幸二郎は、自分が跡継ぎ騒動の渦中にいるとは、まったく知らされていないのだろう。

「兄上……お久しぶりです」

「幸二郎か。息災であったか。それにしても大きくなった。男子三日会わざれば刮目《かつもく》して見よとは本当のことらしい」

「兄上も、どこか貫禄がおつきになりました」

まだあどけない顔の幸二郎は、本当にうれしそうだった。

こんな弟を担ぎ出そうとしている野川が憎たらしい。

「姉上……」

　今度は由布姫に、幸二郎は声をかける。

「まだ姉上と呼ぶのは早いですよ」

「そうですか。でも、兄上のお嫁さんになるのでしょう。ですから姉上と呼んでもかまいませんか」

「……はいはい。どうぞ」

　にこやかに由布姫も応対する。

　となりには、慇懃な目つきをした野川威一郎が座っている。このやり取りをどんな気持ちで、見ているものか。

　少し控えて家老の佐原市之丞。となりに鶴江が白い顔で座っていた。


　やがて腰元たちが、膳を運んできた。

　酒宴が始まった。

　舞台では、能の舞が始まった。獅子頭《がしら》をつけた獅子が舞う石橋《しゃっきょう》だ。勇壮な獅子舞が舞台を縦横無尽に動き始める。

　能が終わると、袖から大勢の人が舞台に上がり踊りだした。

どうやら、その姿からわかるのは、傀儡《くぐつ》の者たちらしい。

大道芸人が舞台に集まったような雰囲気である。

「まるで、浅草の奥山ですね」

由布姫が、笑いながら声をかけた。

「確かに、大八木がいっていたのはこの話だったのだな」

「私たちが江戸から来たのを知って、このような趣向を作ったのでしょうねぇ」

「大八木も、いろいろ考えたとみえる」

江戸の大道芸ほどの派手さはないが、それでも、手妻をやる者、剣を呑む者、火を回す者。ガマの油売りのような格好をした者たちが、舞台でめいめい勝手に技を披露しているのだ。

舞台上を歩きまわるから、雛壇ではないところから見ている家臣たちにも、その技はしっかり見えている。

大八木が心配そうに舞台を見つめていた。失敗は許されないとでも野川にいわれているのかもしれない。そうだとしたら、舞台でどんな芸が繰り広げられているか、楽しんでいる暇はないだろう。

ときどき、舞台で空きが出たところに行け、と指図などをしている。その慌てぶりがおかしく、幸二郎が大笑いをしている。

そして、ひとしきり座興が続き、座が乱れ始めた。

五

ひとりの傀儡が前に進み出た。剣舞《けんぶ》を踊っていた男だった。ひょっとこの面をつけているので顔は隠されている。その男が舞いながら前に出て来たのだが、その後ろに人がひとり隠れているとは誰も気がつかない。

腰を振ったり、肩を左右に動かしたりとひょうきんな動きをしているので、大八木も安心した表情で笑みを浮かべている。

由布姫も笑っている。

幸二郎も腹を抱えている。

前に出て来た傀儡の後ろから、もうひとり、舞台の前に進み出て来た。

取り立ててなにか芸を見せるという雰囲気ではなかった。

その者が、猛然と前に走り出て来た。

なにかを投げたように見えた。

舞台から雛壇に向かって、一条の光が飛んで行く。

弓矢ではない、刀でもない、小柄《こづか》でもない。

「手裏剣だ」

舞台袖にいた大八木が叫んだ。まさかと思ったのだろう、それまで笑みを見せていた顔が、真っ青に変化している。

「危ない」

由布姫が叫んだ。手裏剣の切っ先が向いているのは、千太郎ではなかった。

弟の幸二郎に、手裏剣は一直線に向かって来るではないか。

「幸二郎！　伏せるんだ」

幸二郎はまさかと思ったのだろう、どうしていいのかわからかず、呆然としているだけである。

咄嗟に千太郎が膳に並んでいる皿を取って、幸二郎の体の前に投げつけた。

幸二郎の胸の前で皿と手裏剣が衝突した。

割れた皿が、幸二郎の膝の上に飛び散った。

「逃げろ」

千太郎の叫びに、ようやく幸二郎もなにが起きたのか、判断できたらしい。

「兄上」

「ここから離れるんだ」

「しかし、兄上は」

「私のことは気にするな」

すぐ由布姫が幸二郎の横に行って、手を取った。

「さぁ、すぐここから離れましょう」

「姉上……どうしてこんなことに」

「それは、私たちが調べます」

ばらばらとほかの傀儡の連中が集まってきた。

「お前たちはなにをするつもりか」

大八木が舞台に上がった。傀儡たちの主《しゅ》たる者は消えて、残りが剣を抜いている。いままで舞台で芸を見せていた者たちとは、まるで異なる雰囲気に包まれた連中だった。

面で顔を隠したその格好は、大道芸人のように見えるが、その構えは芸とは異なり、剣術遣いの形に則《のっと》っている。

「お前たちは……イヌワシか」

「…………」

一番前にいるひょっとこの面が前に出た。

しかし、ひと言も喋らない。

雛壇にいた市之丞の姿も消えていた。野川威一郎は壇から下りて、舞台の袖でこちらに目を送っている。その目は、千太郎を斬れと叫んでいるように見えた。

「む……幸二郎を狙ったのは、目眩ましだったか」

千太郎の言葉に、幸二郎を大八木にあずけて戻ってきた由布姫も頷く。

イヌワシらしい連中と、家臣の戦いが繰り広げられ始めた。

ひょっとこは、声も出さず千太郎の前に進み出て来る。

一間《けん》ほど前で、足を止めた。そのままじっと動こうとしない。

ひょっとこは千太郎にまかせて、由布姫は舞台横に降りた。

幕の外からも、敵が集まってきた。

そのときだった。

「姫様……ここはおまかせを」

そばに駆け寄ってきたのは、波村平四郎と弥市。それに浅五郎だ。ほかにも、数人の手下が、山刀や棍棒など思い思いの得物を抱えて、走り寄ってくる。

「若殿をひとりしてはいけませんや」

浅五郎がにやりと笑って、敵のなかに走り込むと、山刀をぶん回した。

その勢いに、敵は数歩後ずさりをする。

「梓はどうした」

千太郎が問うと、浅五郎は周囲を見回しながら、

「おや……さっきまで一緒にいたんですがねぇ。どこに消えたんだろう」

目をあちこちに向けても、梓の姿は見えない。ひとりでなにか策を考えたのだろうか。

「無鉄砲なことをしなければいいが」

千太郎の呟きは、剣戟の音にかき消されてしまった。

波平が走ってきて、弥市に叫ぶ。

「手柄が立てられるぜ」

弥市は十手を取り出し、思いっきり振り回す。十手を持ったら、度胸は普段の数倍だ。目の前にいる黒装束に能面の敵に突進していく。相手は捨て身で来た弥市に慌てる。

波平は、剣を上段に構えて、

「さぁ、誰でもいい。死にたい奴はかかってこい」

仁王様のように足を踏ん張った。

手下たちも石を投げたり蹴飛ばしたり、敵とくんずほぐれつの戦いを続けている。

第六章　踊る千両桜

一

ひょっとこが、千太郎の前に進んでくる。

――この背格好は、もしかして。

千太郎は首を傾げる。

幼き頃から一緒に育った仲だ。気がつかないはずがない。

この体つきは、市之丞ではないか……。

耳を見る。顎の形を見る。首を見る。

面を被っているが、市之丞に違いない。体全身からは、殺気が漂っている。本気で千太郎を殺すつもりらしい。

以前は稽古をつけ合っていた仲だ。お互いの手の内を忘れるはずがない。それだけに戦いにくい。それでも、こうして面前に来られては逃げるわけにはいかない。

「お前は市之丞であろう」

ひょっとこは答えない。

ジリジリと、足を止めずに前進してくる。

千太郎は、わずかに体を斜めにしながら後退した。正面からぶつかるのを避けたのだ。稽古をつけていた頃と同じ太刀筋では、戦っても相討ちになってしまうかもしれない。

あまり見せたことのない太刀筋を使ったほうが、互角以上になるはずだ。

市之丞も、いつもとは少し構えを変えているようだった。

しかし——。

千太郎は、相手の構えを見て、不思議な感覚を覚える。

殺気は感じているのだが、なにか異なるのだ。

違和感を感じた瞬間だった。

市之丞が飛んだ。しゅっと空気が切れる音が聞こえた。

咄嗟に千太郎は右に逃げた。同時に刀を右に薙《な》ぎ、返す刀で袈裟に面を斬った。

ひょっとこの面が割れる。

「市之丞！」

「死ね！」

大きく叫んだ市之丞の声が、千太郎の鼓膜《こまく》を切り裂きそうだった。それほど大きな声だったのである。これにも千太郎はかすかに首を傾げる。下手《へた》な剣客と戦うときには声を出してもいいが、腕のある相手にそのような術は効果がない。

――どうしたのだ……。

疑惑が浮かぶ。

と、市之丞が刀を後ろに控えた格好で、その場から逃げ出した。

逃げたというよりは、そちらに千太郎を誘い込もうとしている気配である。

誘う先は、野川威一郎の前だった。

そばに鶴江が呆然とした顔で立ち尽くしている。市之丞は本気で千太郎を斬ろうとしている、と半分は驚いているのだ。

いくらあんな科白を吐いたとしても、その場になると若殿との戦いは回避するのではないか、いや、そうしてくれと願っている目つきだった。それが本気で戦っているふたりの姿に、かすかに哀れみを感じているようでもあった。

野川威一郎は、顔を強張《こわば》らせている。
さすがに、若殿を斬ろうとする姿を目の前にして、緊張しているのだろうか。
千太郎が目線を送ると、ふっとはずした。
そのときだった。
「死ね！」
市之丞が叫んだ。
千太郎は自分に叫んだものと思って、身構えた。
だが斬りかかった相手は……。
「なにをする！」
野川威一郎に市之丞の剣先が向かっていったのである。
急なことで、野川は逃げることができない。驚きの顔を見せたまま、
「お前……やはり裏切ったのか」
市之丞に恨みを吐き出した。刀を抜いて戦おうとしたが、すでに遅かった。
野川の腹に、市之丞の剣が突き刺さっていたからである。
血を吐きながら倒れる威一郎に、鶴江が走り寄る。
きっとなった目で、市之丞を睨みつけた。

「市之丞さま……なにをなさったのです」

「すまぬ……騙す気はなかった」

血刀をだらりと下げたまま、市之丞が頭を下げた。

鶴江は肩を上下させて、なにかいいたそうにしているが、言葉が出ないらしい。父親が斬られているのだ、動転しているのは間違いない。

それでも、言葉を絞り出した。

「初めから計画していたのですね。私の気持ちを利用して……」

「言い訳はしません。でもあなたも私に近づいたのは、策謀でしょう」

お互いの目から、大粒の涙が落ちる。

市之丞は心で叫んでいる。

――そうではない。そうではない。騙すつもりはなかった……。

しかし、いまとなっては、その気持ちは鶴江には伝わらぬだろう。

市之丞は、斬った野川の顔を見て、

「私としては、こうするしかなかったのです。許してください」

「く……いつお前が裏切るかわからぬから、鶴を送り込んだに」

「わかっていました。でも、鶴江さまのことは恨んではいません」

「市之丞さま……」

鶴江が、驚きの目を市之丞に向ける。その目にはかすかに喜びがある。だが、父の仇でもあるのだ。そのふたつの感情のはざまで鶴江の気持ちは揺れていた。

だが――。

「市之丞さま、ごめんなさい」

懐剣を取り出し、その切っ先を市之丞の腹に突き刺したのである。

「う……姫……」

「父は、悪人かもしれません。でも私の父です。あなたは父の仇……」

「わかっています……」

唸りながら、市之丞はその場に倒れ込んだ。慌ててそばにいる数人の家臣が市之丞を抱きかかえた。

「動かすな。血止めをしろ。血が流れると命が危ない」

千太郎が家臣たちに声をかけた。誰かが医者を呼びますといって、駆け出していく。

二

「死ね……」

千太郎の横から声が聞こえた。

思いもよらなかった市之丞の行動を受けて、千太郎と由布姫は、市之丞と鶴江の周りを囲んでいたのだ。

いまの声は……。

ふたりはその叫びを聞いた瞬間に、左右にぱっと分かれていた。同じ場所にいては、危険が増大する。

「お前は……」

目の前の相手は面を取り払った。その下から見えた顔は――。

「矢ノ倉加十郎か」

「この日を待っていたぞ。千太郎、覚悟。お前を斬る日が来るのを、長い間夢見ていたのだ」

「理由はなんだ。野川に頼まれたからか」

「ふん、そんなけちな理由ではない」

「ではなんだ」

「自分より強そうな男を斬るのが、無類の楽しみなのだ」

「病んでいるな」

「そうかもしれん。おそらくは病んでいるのだろう」

「ならば、やめたら病は治るのではないか」

「それは恵まれた人間のいう言葉だ」

「恵まれていたではないか。腕扱きの北町定町廻り同心として、皆から尊敬を受けていたであろう」

「意味はない……大事な人を死なせてしまってからは、生ける屍《しかばね》だった」

「その恨みをイヌワシなどという殺しの一味として癒していたというのか」

「人の心などは、誰もわからん」

加十郎は、唇を歪ませながら吐き捨てた。

「だが、どんな理由があるにしろ、人を殺してきた罪は消えぬ」

「そんなことは百も承知だ」

抜刀して加十郎は、足場を固める。

と……。

そのとき、新たな叫び声が聞こえた。

「親父の仇！」

加十郎と千太郎の間に走り込んだのは、梓であった。それまでは他の手下たちと一緒に、イヌワシ一味と戦っていたのだが、途中から加十郎を探しまわっていた。だから、途中からどこにいるのか浅五郎も見失っていたのだろう。

「お前は、なんだ」

目を細めながら、加十郎はじろりと睨みつける。

「親父の伝八を殺しただろう」

「……あぁ、山賊か。そいつを斬ったのは、俺ではない」

「嘘をつけ」

「本当だ。お前などひと捻りだから馬鹿馬鹿しくて、嘘などつかん」

「……本当か。なら誰だ、親父を斬ったのは」

「さぁなぁ。そのあたりにいるのではないか。おそらく斬ったのは、顔に切り傷のある男だ」

「……そいつはどこだ」

「自分で探したらいいだろう」

「ちょっと待て」

今度の声は浅五郎だった。イヌワシたちとの戦いは、一段落ついたらしい。いくらイヌワシたちでも、命知らずの山賊たちには敵わなかったとみえる。

浅五郎は、加十郎の前に出て、顔をじろじろ眺めていたが、

「あんただ、あんたが伝八親分を殺したんだ。その顔は覚えているぜ。顔に切り傷があったが、あれは変装だったんだな。その横顔ははっきり覚えている。嘘をついて逃げようったって、そうはいかさねぇぜ」

浅五郎が山刀を振り回して、袈裟に斬ろうとしたが、

「ふん、ばれたら仕方がない」

加十郎の動きはわずかだったが、浅五郎の山刀は簡単に跳ね返された。山刀が空に飛んだ。

「親父の仇！」

梓が飛び込もうとする。しかし、千太郎が止めた。ようやく父親の仇を見つけて、気が逸《はや》っている。こんなときは、少し落ち着かせなければならない。

梓の顔は夜叉《やしゃ》のようである。

千太郎を押しのけて飛び込むが、跳ね飛ばされる。

なおも走りだそうとする梓の体を、なんとか千太郎が後ろから止めた。女とは思えぬほどの力が千太郎の腕に伝わる。それほど怨みが強いに違いない。

「お前の気持ちはわかるが、ここは任せろ」

「でも……」

「私にとっても、先代親分の仇だ」

その言葉に、梓の気持ちも緩まったらしい。

「そうか、そうだな……親父の仇をちゃんと討ってくれ」

「もちろんだ」

ふたりの会話を聞いていた加十郎が、大笑いする。

「けけ、そんなお涙ちょうだい話を交わしているようでは、人を斬ることはできねぇぞ」

「私は人を斬るのではない。悪を斬るのだ」

千太郎が、背中を伸ばした。その姿には、若殿というより山賊の新しい親分としての矜持《きょうじ》があるように見えた。

「け……聞いたふうな」

加十郎は苦笑すると、そのまま千太郎と対峙するように前に進み出た。

「さぁ、これからが本当の勝負だ」

「よかろう」

イヌワシとの戦いは幕囲いの外でも繰り広げられているのか、ときどき、喚声が聞こえてくる。

「あの声を聞いたら、私も楽はできぬな」

のんびりと千太郎がいう。

「やかましい。だまって俺と戦え」

苦々しい顔で、加十郎が吐き捨てた。

加十郎はすでに抜刀している。

傀儡と思えたイヌワシたちのなかには、このふたりの戦いを見ようと集まってくる者たちもいる。

それらの者たちが邪魔できないように梓と浅五郎、それに数人の家臣たちも千太郎に加勢し始めている。

野川が斬られたことで、千太郎に味方する、隠れていた家臣たちが出て来たらしい。

外がざわついた。野川と市之丞の治療に医者が到着したらしい。

「姫……市之丞たちを頼む」

　そういってから、千太郎は加十郎に再度目を向けた。加十郎の目の光は、先ほどより鋭くなっている。この戦いのために江戸から出て来たのだ。早く、終わりにしたいという気持ちも含まれているようだった。

　千太郎が青眼《せいがん》に構えると、さぁっと日の光が射してきた。

　まるで後光が射しているように見えた。

　その姿に、家臣たちはほぅという声をあげた。

　声が一度、落ち着いたと思ったら、また、どっと不思議な声があがった。

「千太郎……」

　懐かしい声だった。子どもの頃から聞いていた声だった。慈《いつく》しみのある声だった。

　青眼の構えが疎《おろそ》かになりそうだった。

「父上……」

　舞台の袖から上がってきたのは、稲月和泉守である。

　金糸銀糸の羽織に、金箔がはられたような袴姿。腰には、身分の高い者が差す白い柄に、藍塗鞘の脇差がひときわ目立っている。

　それはまさに、稲月家当主の姿であった。六十歳に近いはずだが、その肌は輝きをもち、いままで病に臥していたとはとても思えない。

「父上、ご病気は……」

「心配ない。この日のための策略じゃ」

「なんと……」

「策を練ったのは、市之丞だ」

「これは……」

千太郎も知らぬことであった。

和泉守の後ろには、元江戸家老、佐原源兵衛が侍《はべ》っている。佐原市之丞の父親であった。

「なるほど、源兵衛の顔を見て謎が解けました。すべては佐原親子の目眩《めくら》ましでありましたか」

和泉守が病気になり、お家の膿《うみ》を出そうとしたのだろう。

野川はまんまとその仕掛けに引っかかったということになる。

父が病気で政をできなくなったという理由をつけて、一度、引っ込む。そこで誰がどのような動きを見せるのか、それを把握しようとしたのだろう。

千太郎も疑いはしても、まさか父親の病が仮病だとは疑うわけにはいかなかったのだ。

「だがな、千太郎、お前が江戸で遊び呆けているという話を儂も一瞬は信じたぞ。源兵衛がどれだけ心配しておったかお前は知らぬ」

「は……これはまた」

千太郎が平伏すると、

「うるさいぞ」

加十郎が不機嫌な顔つきで叫んだ。

ひとり蚊帳《かや》の外に置かれてしまった加十郎である。

「お前たち親子の話などはどうでもよい」

「おう、すまぬすまぬ、おぬしがいることをつい失念してしもうた」

「ふざけるな……」

加十郎にまた殺気が戻った。ひくひくと眉が蠢いている。握っていた柄を緩めた。刀に遊びを持たせたのだ。そのほうが、切り替えが速くなる。

それまで和みの雰囲気に包まれていた周囲も、急激に張りつめた空気に戻った。

千太郎の目つきも戦いの鋭さに変化した。父親の和泉守と会話を交わしているときとは、まったく異なる佇まいである。

「もう、くだらぬ邪魔はいらんぞ」

加十郎が、叫んだ。

「もちろんだ……」

加十郎がいらいらしている、と千太郎は気がついている。戦いのときには、心をざわつかせたほうが負ける。

「いざ……」

千太郎は、もう一度息を整えて青眼に構え直した。

三

雲の間から射した光が千太郎に後背をもたらした。神々《こうごう》しいその姿を加十郎が見ていることになる。だが、目を細めることでその光を遮るような仕種を取った。

幕外の戦いもあらかた終わったらしい。

怪我を押して姿を現す手下たちの姿も見え始めている。

千太郎は、しばらく呼吸を整えながら、加十郎の目の動きを見ている。

そして、呼吸を合わせ始めた。そうすることで、相手の間合いをこちら側に引き込むことができるのだ。

敵もあっぱれである。

わざと息を合わせてから、すぐ一瞬のずれを見せた。

やがて、加十郎の剣先がちらちらと蠢き始める。千太郎の目先を移動させようとする作戦にでたらしい。だが、千太郎の視線は微動だにしない。

こうして、お互いの心理戦が続いた。

その間、それほどの刻はきざんでいないだろう。だが、戦っている者同士には、いつまでも続くように感じられる。その間をどれだけがまんできるかどうかが、勝敗の鍵を握るのだ。

ふたりとも、戦うための鍛錬は続けてきたのだろう、まったく息は乱れない。さすがというべきである。

むしろ、傍で見ているほうが、息苦しくなってきたようだった。

「姫さま……」

梓が、由布姫に語りかけようとしたが、

「静かに」

注意されて、肩の力を入れてだまった。

こんなすごい勝負など、見たことがない。実際に剣を交《か》わす前から、周囲が汗をかくほどだった。

加十郎がじりじりと前に進み出る。

千太郎は、動かない。へたに敵に合わせてしまうと、先手を取られてしまうことがある。だが、由布姫は、あ……と心で叫んだ。千太郎が、敵の誘いに乗ったからだ。

かすかではあるが、後ろに下がり始めたのだ。

──動いて、逆に誘い込もうとしている。

由布姫はそう見た。

お互いのかけ引きを見ているだけでも、周りは疲労を感じてしまうほどだ。本人たちはどれほど疲れ始めているのだろう。だが、千太郎にしても、加十郎にしても、そんな素振りは露ほども感じさせない。

風が出て来た。

周りを囲っている紅白の幕がゆらゆらと揺れだした。空から降り注いでいる光も弱くなったようだった。

由布姫は、千太郎がどんな手段で戦うか、じっと見つめている。負けたら許婚《いいなづけ》を失うことになるのだ。

万にひとつも負けるはずはないと思っていても、心配が消えることはない。

暗くなったらどちちが有利だろうか。由布姫は千太郎が優位に立てるのではないかと考えた。

なぜなら風は千太郎の背中から、加十郎に向かって吹いているからである。顔に、風が当たるとそれだけ、視界が狭くなる。

その不利を感じたのだろう、加十郎は左に回り始めた。風に当たる向きを変えようとしたのだ。

千太郎は動かない。

お互いの間合いは、詰まらない。

正面に見ていた敵が、いまは斜め前にいる。

そうなると刀捌きにも違いが生まれる。

本来なら、敵が左に動き始めたのだから千太郎は、体を右に向けることになるはずだ。だが、どういうわけかいままでと同じ方向に身体を向けたまま、右には向かずにいるではないか。

敵の体を目で捉えるには、横目にしなければ動きは見えないことになるのだから、危険である。千太郎は敢えてそんな危ない橋を渡ろうとしていると、由布姫は推量した。

つまり、加十郎を混乱に陥らせる作戦ではないか。

本来、こんな作戦はないし、危険極まりない。自分から窮地を招いてしまうからだ。

だが、そこは千太郎である、なにか策があるのだ。いや、あるに違いない。もしないとしたら、自ら死地に向かっていることになる。

——千太郎さんなら、やりかねない……。

その場のひらめきで、こんな行動を取ったのかもしれない。

だまって見ていることしかできないのが、由布姫には辛かった。

雨もぽつりぽつり落ちてきた。

雨が降ると体力が持っていかれる。

こんなときに、と由布姫は空を恨んだ。

いつの間にか、ふたりの対峙の仕方がなんとも珍妙なる形になっている。千太郎の体は誰もいないところを向いたままで、刀の切っ先だけが、加十郎のほうを向いている。

加十郎は、千太郎の斜め前で剣先をかすかに揺らしながら、立っている。

こんな格好で戦うことができるのか、とそこにいるほとんどの者たちは考えているだろう。家臣たちはそんな奇妙な戦いにもかかわらず固唾を呑んで見守っている。

そのままでお互い、止まったまま動きを見せない。

「姫さま……これからどうなりますか」

梓は、不安な声を出した。じっとしていられなくなったのだろう。それは由布姫にしても同じである。

「待つしかありません」

「いつまで……」

「それはふたりの気合ひとつでしょう」

どちらが先に仕掛けるか。その気合をいつ発揮するかだ、と由布姫は説明した。どこまで理解できたのかわからぬが、梓は取り敢えずじっと見ています、といってだまった。

風がさらに強くなり始めた。砂塵が上がりだした。これもまた、ふたりには面倒な敵である。目に砂でも入ったら、相手の動きを見誤ってしまうからだ。

嫌がったのは、加十郎のほうであった。風向きを避けるようにして、またしても移動を始めたのである。だが、千太郎は相変わらず、同じ立ち位置にいて、微動だにしない。

普段も戦いのときには、それほど動き回るほうではない。だが、今回ほどまったく相手の動きに合わせない戦いかたは、見たことがない。

よほどの覚悟がなければこのような戦い方はできないだろう。

――千太郎さんは命をかけている……。

由布姫は、そう思いながら次の展開に注目した。

千太郎は、息をしているのか、と思うほど動かない。これほど形を変えることなく対峙できるのが不思議だと、由布姫は己が胸苦しくなるほどである。

そんな千太郎に、加十郎も不審な気持ちになってきたようであった。

「やぁ！」

試しのような声を出した。だが、千太郎はまったく変わらない。とうとう加十郎が焦《じ》れた。

斜めを向いている千太郎に、いきなり斬りつけた。

だが、それは誘い水であった。本気で斬りつけたわけではなかった。加十郎は、一度、五寸ほど前に出ただろうか。剣先を揺らしているのは同じだが、足場はさほど動かなかった。

しかし、そのとき千太郎が突然動いた。

加十郎の誘いを待っていたらしい。

それまで一寸も動かなかった千太郎の体がその場から移動したから、加十郎は驚いたのか、顔がかすかに歪んだ。

目測がずれたのか、小さな動揺が加十郎の目に浮かんだ。

千太郎はその間合を外さない。それまで斜めにしていた体を、声もなく加十郎に向けて正対すると、すぅっと水の上を歩くような体捌《たいさば》きを使った。まるで水の上を滑っているように見えた。

加十郎には、千太郎がどう動いたのか、目切りする暇はなかっただろう。

勝負はまばたきする間についていた。その瞬間を見た者はほとんどいない。唯一、由布姫だけが、見切った。

始動したのは、千太郎だった。その動きに呼応して、加十郎がまっすぐ進んだ。剣は突きの形だった。

千太郎はその突きを三寸の間合ではずした。わずかに体を反らしただけである。その体捌きは神がかりといっていい。

剣先を躱すと同時に、千太郎はなんと大刀を片手で上段から振り下ろし、同時に左手で脇差を抜いたのだ。つまり二刀流に変化していたのである。

その流れに加十郎の目はついていくことができなかった。それほど素早い千太郎の動きであった。

脇差が加十郎の胸に突き刺さり、すぐまた引き抜かれると、鞘に収まっていたのである。

――いつの間にあんな技を……。

由布姫は、舌を巻いている。

山賊と付き合ったからなのか、それとも、一瞬のひらめきなのか。

正面ではなく敵を斜めに置いていたのは、この二刀流を隠すためだったのかもしれない……。

千太郎のことだから、質問してもまともには答えないだろうが、問いただそうと思った。

その場に倒れた矢ノ倉加十郎の顔はどこかにんまりしている。千太郎と戦うことができただけでも良かったと思っているのかもしれない。死を覚悟していたに違いない。

もちろん最初から死ぬつもりはなかっただろうが、千太郎の奇策に負けたのだ。

ごろりとその場に転がるかと思われたが、加十郎の体はすとんと座ったままである。

浅五郎が、前に進み出て鼻に手を当てた。

「死んでます」

大往生といってよいほどの加十郎の死に様であった。

四

市之丞はなんとか血が止まったらしい。医者の手当てが功を奏したのだろう。さらしを腹に巻いてはいるが、表情は元に戻っていた。

野川もなんとか命は取り留めているらしい。

倒れた加十郎の姿を見て、野川は大きく息を吐いた。自分が放った刺客が負けたのだから、当然だろうが、それよりも市之丞の裏切りが許せないという目つきであった。

由布姫が、市之丞のそばに向かった。いままでは千太郎の戦いに気を取られていて、こちら側への注意がそれていたからだった。

「市之丞……」

「姫……いろいろ失礼をいたしました」

「そんなことより、傷はどうです」

「なんとか、血は止まりましたから、大丈夫かと」

「それは重畳《ちょうじょう》」

由布姫が頷いたときだった。となりで父親を診ていた鶴江が、急にまた懐剣を摑んだ。どうするのかと由布姫が一瞬、身構えると、

「きえ！」

どうしたわけか、由布姫に斬りかかったではないか。

「なにをする」

武芸に秀でた由布姫に勝てるわけがない。あっさりと躱され、鶴江は突き飛ばされた。後ろに手をついて倒れている。

「お斬りください。私はもう生きている甲斐がなくなりました」

父親が死にかけている。さらに心を奪われながら仲間と思っていた市之丞に裏切られた。生きる気力がなくなったというのだ。

さらしを腹に巻いた市之丞が、鶴江の前ににじり寄った。

「鶴江どの……そんなことをいってはいけない」

「しかし、私はすでに生ける屍《しかばね》です」

「どうしてです」

「父があんなことになり、それに市之丞さままで……私は……」

その目が市之丞に惚れていた、と訴えている。だが、市之丞はその目には答えず、

「死んではいけません。もう一度、初めからやり直すこともできます」

「私はもう生きる気力がなくなりました」

「もう一度、やり直しましょう。私も手伝います」

「市之丞さまが」

「はい、私も一度命を捨てた男ですから」

その目が鶴江の気持ちを受け止めると訴えていた。

「でも、お志津さまが……」

「確かに心のなかには残っています。でも、それはもうすでに終わったことです。いまは、生きている人の気持ちのほうが大切です」

「本当ですか」

「どこまで私が助けることができるかはわかりません。でも、これからもう一度、生まれ変わろうという気持ちは重要でしょう」

心底から出た言葉だっただろう。しかし、市之丞の目は、まだ死んでいるように、

千太郎と由布姫には見えていた。

——本気ではないのか……。

千太郎は内心、呟いた。その不安は由布姫にも通じた。

「市之丞は、どうしたのです、あのような言い方をしておきながら、まるで精気のない目つきは」

「そこが私も不安なところなのだが……」

ふたりの会話をよそに、鶴江の顔に血の気が戻り始めた。

「わかりました……」

市之丞の必死の言葉で、鶴江の気持ちもなんとかもち直したようであった。

それまで虫の息だった野川が、その言葉を聞いてから失神した。そばにいた医師が心配はない、と声をかけた。

「死んだわけではありません。安堵したのでしょう。それまでの心配が消えたために、気が抜けたのだと思われます」

「それなら危急なことではありませんね」

医師を見つめる鶴江に、大丈夫ですと太鼓判を捺《お》した。

千太郎が市之丞に問う。

「いままでの話を訊きたい」

「申し訳ありませんでした。若殿への刺客はそれほど腕の立つ者は送っていませんでした。あの三人なら簡単に勝てるだろうと思っていました」

「あぁ、あの三人か」

千太郎は笑いながら、

「本気で殺すつもりならもっと強い者を送ってくるだろう、と思いながら戦っていたのだが、やはりそうであったか」

「刺客を送ったのは、野川さまの目をごまかすためです。そうしなければ、信頼されないと思っていました。潜り込むためにはいろんなところで、若殿へは失礼な言動を取る必要がありましたから」

「まぁ、そんなことだと思うておったがな」

そばで聞いていた由布姫は、本当に気がついていたのですか、と問う。千太郎からは市之丞が弟側に寝返ったと聞かされていたからだ。

「もちろんである。市之丞が私を裏切るわけがない」

「どうにも怪しいですねぇ」

最初から、市之丞は野川と刺し違えるつもりだった。

さらに市之丞は鶴江が間者《かんじゃ》だと気がついていた。知りながら自分も近づいたのだが、鶴江に気持ちが傾き始めていた……。

そこまで語ると、市之丞はいきなり正座になり、

「ごめん」

さらしで巻かれた腹を出し切ろうとした。

「やめて！　これ以上、大事な人に死んでもらいたくありません！」

必死の声は鶴江だった。

「私も生きます。市之丞さまも生きてください。もう一度初めからやり直しができるとおっしゃったのは、市之丞さまではありませんか。お願いです……私と一緒にやり直しを……」

千太郎が、鶴江の言葉につなげる。

「よいか、市之丞。死ぬというのは心の臓が止まることではない。生きる気持ちを捨てることだ。やり直しはいくらでも利くのだぞ」

「は……」

さらし巻きの腹に刃を当てたまま、市之丞は手を止めていた。

由布姫はそっと千太郎に尋ねる。

「あの、おかしな二刀流はいつから始めたのですか」

「あぁ、あれは咄嗟の判断だ」

「斜めに加十郎を見ていたのもですか」

「もちろん、あそこでまともに戦うと、こちらも危ないと思ったでなぁ」

「驚きました」

「いやいや、あれが本当の剣術の極意というものだ。そのときそのとき、臨機応変《りんきおうへん》。これこそ目利きの秘術」

「そんな話は信じられません」

「でも、あれで勝てたではないか。兵法とは勝つことなり」

わっははは、と千太郎の笑い声が、桜屋敷に響き渡った。


翌日——。

千太郎は、稲田屋の奥にいた。

金のかかった調度に囲まれた客間である。

千太郎と由布姫を前にして、稲田屋はどんなご用ですかと慇懃に尋ねた。

「なかなか金がかかっておる部屋だな」

「はい、おかげさまで田安さまのお骨折りで、これだけの商売をすることができております」

「ほう、そうであるか」

「はい、姫様にもいつもお世話になりまして、ありがたいことと存じております」

「はい」

稲田屋には、波村平四郎と弥市が世話になっている。その礼にでも来たのだろう、と稲田屋は考えているようである。そのせいか、あまり緊張した面持ちではない。

波平と弥市はとなりの部屋で三人の会話を聞いている。自分たちが世話になったとでもいいに来たのだろう、とふたりも楽な気持ちである。

外は雷が鳴っている。雨音も聴こえてきて、風流な雰囲気でもあった。

「さて、稲田屋助五郎」

それまでのくだけた雰囲気とは異なり、千太郎は厳しい顔つきになった。

「イヌワシという者たちの存在を知っておるかな」

「……さぁ、あまり詳しくは知りませんが、ときどき、そのような殺し屋たちがいるという噂を聞いたことがあります」

「そうか。お前はその者たちと付き合いがあるようだな」

「まさか、そんなふざけた話をどこで仕入れてこられたのでございましょう」

「お前の商売はなんであったかな」

「はい。米問屋でありますが」

それがどうした、という目つきである。目尻が垂れているから、なんとなく人を喰った顔つきであった。

「近頃、稲月の米はこれまでより収穫が減少していると聞いたがどうだ」

「……確かにそんな状況ではありますが」

「それでも、これだけの贅沢ができているようだが、それはなにゆえかな」

「それは、田安さまのお力添えがあるからでございます」

「しかし、本来江戸に送るはずの米が、この二、三年、つまり、私が江戸の町で遊び呆けている間に、減り続けているというではないか」

「いえ、あの……遊び呆けていたとは誰も思ってはいません」

「まぁ、それは置いておいてもよい。だが、米の収穫が減ったのは確かな話であろう」

「それは、まぁ、事実ではありますが……」

しだいに稲田屋助五郎の額に、大粒の汗が垂れ始める。

「江戸の町方を居候させたのは、なにか目的があってのことであろう」

「いえ、そのようなことはありません」

「嘘だと顔に書いてあるぞ。汗がそのように教えてくれている。お前はイヌワシとなんらかの関わりをもっているのであろう。だから、江戸から調べに来た町方をそばに置き、動きを見ていた。それを連中に流していたのだ」

「いえ、決して」

「嘘はいらぬと申しておる。白状したらせいぜい御用達を外すくらいにしておいてあげよう。嘘を吐き通すなら、お前を江戸に連れて行って、しっかり吟味させるがどうだ。となりに江戸の腕扱きたちがいるようだからな」

「あのかたたちが私どものところに来たのは、田安さまからご連絡をいただいたからでございます。けっして他意などありませんでした」

「なるほど。だが、どうして矢ノ倉加十郎は私の動きや、伝八たちの動きを知っていたのだ。いや、違うとはいわせぬ。伝八があんな場所で変装した加十郎と会えたのは、最初から伝八を狙っていたからとしか思えなかった。ごていねいに変装までしていたとはな。これでは誰かが裏にいるのではないか、と疑わぬほうが無理ではないか。どうだ稲田屋助五郎」

稲田屋は声がなかなか出てこないらしい。あふあふと口をパクパクさせていたが、最終的に、がばと平伏して、

「申し訳ありませんでした。イヌワシという一味を知っているかと野川さまから訊かれまして。なんとかお力になろうとした結果でございます。あなたさまたちを傷つける気持ちはまったくありませんでした。まさか野川さまが皆さまに弓引くとは思ってもいないことで……」

「稲田屋……口は重宝なものだな」

「いえ……あの」

「どこでどう、イヌワシたちの居場所などを調べたのだ」

「浄照寺でやっていた賭場に知り合いの者を出入りさせているときに、なんとか殺してほしい者がいるのだ、という誘いの会話から……」

「そこで、イヌワシとのつなぎをつけたというわけか」

「はい……何度もいいますが、それはなんとか野川さまのお力になろうとした結果でありまして、決して……あの……」

「もうよい。私がこの稲月の当主になることを知っておるなら、これからいうことをよく聞け」

「はい、なんなりと……」

稲田屋は、脂汗《あぶらあせ》を流しながら、千太郎の言葉をじっと聞いていた。

五

それから半月が過ぎた。

桜は散り始めて桜屋敷は葉桜に変わった。

野川威一郎は、命を取り留めたが、筆頭国家老としての復帰は無理だろう。

それでも職を解かれただけである。

和泉守の温情によって、命は保証されたのであった。

その裁量を聞いて、野川と鶴江は、三日三晩泣き腫らしたという。

千太郎に斬られた加十郎の遺体は、稲月の裏山に葬られた。まさか江戸に連れて帰ることもできなかったからである。

イヌワシも何人かは逃げたが、主だった者は波平が捕縛した。稲田屋が奴らの隠れ家などを教えてくれたからだった。稲田屋にしても、自分の身は可愛い。千太郎の、奴らの隠れ家、名前などを教えてくれたら、不問に付すという言葉に飛びついたのであった。

千太郎の策は、江戸のイヌワシたちをも一掃する力になったのである。

野川は奴らを使って、和泉守を亡き者にしようとまで計画を立てていたという。

千太郎を倒しただけでは、本当に稲月家を自分の思うままにできるとは信じていなかったらしい。それに、和泉守の病は宗庵とふたりで画策した仮病ではないか、という疑いをもっていたという。

イヌワシが稲月の城下に集まったのは、千太郎を斬るというよりは和泉守を亡き者にするためだったのだ。

計算外だったのは、イヌワシたちが個人個人で動いていたために、統制が取れていなかったことだ。なかには忍びを生業《なりわい》としているイヌワシもいたらしいが、めいめい勝手な行動を取っていたために、和泉守の命を取るまではいたらなかったのである。

このような計画を立てたのは、弟の幸二郎君を主君にしたほうが支配しやすいという目算からだ、と鶴江が告白した。

「イヌワシの存在があったから、父は夢を見たのかもしれません」

と、鶴江は泣いた。

こうして野川が中心になって千太郎を廃嫡させようとした計画は、水泡に帰した。

それからさらに半月の後、正式な婚儀とは別に千太郎と由布姫の祝言が桜屋敷で、盛大に執りおこなわれることとなった。

長い間、江戸で由布姫や弥市、波平とともに事件を探索してきた日々はこれで終わりを告げることになる。それが寂しい千太郎と由布姫だが、これからは、稲月の民のために生きねばならない。

新たなる使命が生まれたということになる。

和泉守は、病ではないが今度のお家騒動の責任を取る形を自ら示した。そのために、千太郎が家督を継承することになったのである。

祝言は桜屋敷にある例の舞台上でおこなわれた。なんとも派手な祝言だが、これも千太郎と由布姫だからできることだろう。ほかの若殿がこんなところで式を挙げたら顰蹙《ひんしゆく》を買うのではないか。

それを許した和泉守も人物が大きい、と家臣たちは頭を下げた。

由布姫が紫の衣装で祝いの踊りを舞っている。家臣たちはその優雅で気品ある踊りに、見惚れていた。

桜は終わっているが、その踊りはまさに、花吹雪のような優雅さを見せてくれている。

席には波平もいる。弥市もいる。梓を筆頭として山賊たちもいる。

そして筆頭家老になった佐原市之丞と、その許嫁になりそうな鶴江。ふたりの傷ついた心が新たなる絆になってくれることだろう。

「弥市、見てみろ。あの姿が本当の千両桜だと思わねぇかい」

波平が、嬉しそうだ。

弥市は、これでふたりともお別れかと思うと、いくらきれいでも踊りなど見ていられないと、さっきから下を向いているのだった。

それでも、波平にいわれて、顔を上げる。

舞台の上でにこにこしている千太郎と目があった。次に、踊っている由布姫と目があった。由布姫は、弥市の目線を受け止め、これもにこりと笑みを返しながら踊っている。

「ぐすん……これでふたりともお別れですぜ」

弥市の顔は涙で濡れ鼠である。

梓は、普段の山賊姿とはまるで異なり、髪には光り輝く簪を挿して、まるでどこぞのお姫さまのような姿であった。

「馬子にも衣装とはこのことだ」

浅五郎は、これも裃《かみしも》こそ着てはいないが、まるで家臣のような格好である。

「おれたち山賊はどうなるんですかねぇ」

梓に訊いた。山賊はやめろといわれてから、開店休業状態が続いていた。千太郎が当主になってしまうと、手下たちが路頭に迷ってしまう。

「千太郎親分がなんとかしてくれますよ」

「そうしてくれねぇとみんな食いっぱぐれてしまうぜ」

「大丈夫でしょうよ。山賊はやめさせられても、新しい仕事をくれるはずです」

「あの山の隠れ家はどうなるんだい」

「それも、なんとか見てくれますよ」

「随分、信じているんだな」

「もちろんです。あのふたりは信じられます」

そうかい、と浅五郎は踊っている由布姫の優雅な姿に目を向けた。葉桜と呼ぶには少し時が経ちすぎたような気もするが、舞台の周囲を賑わす木々と、踊っている由布姫の対比はなんともいえぬ優雅さを醸し出している。

「たまには江戸の町に出てくれねぇか頼んでみるか」

弥市が、ぐすぐす涙を流しながら呟いた。すると、即座にそれは駄目だと梓が返した。

「あのかたたちは、私たちの親分とその姐さんだ……」

それぞれの目には涙が浮かんでいる。

緑濃い桜屋敷に、初夏の光が輝いている。

踊り終わった由布姫が、千太郎のそばに寄っていく。千太郎は、すぅっと由布姫に手を伸ばした。

手を取り合っているふたりの姿を祝福するように、空から陽の光が注いでいた。

時代小説

二見時代小説文庫

踊《おど》る千両桜《せんりょうざくら》　夜逃《よに》げ若殿《わかとの》　捕物噺《とりものばなし》16

著者　聖《ひじり》　龍人《りゅうと》

発行所　株式会社　二見書房
東京都千代田区三崎町二－一八－一一
電話　〇三－三五一五－二三一一［営業］
　　　〇三－三五一五－二三一三［編集］
振替　〇〇一七〇－四－二六三九

印刷　株式会社　堀内印刷所
製本　ナショナル製本協同組合

ISBN978－4－576－16028－3
http://www.futami.co.jp/

夜逃げ若殿 捕物噺　夢千両 すご腕始末

聖 龍人［著］

御三卿ゆかりの姫との祝言を前に、江戸下屋敷から逃げ出した稲月千太郎。黒縮緬の羽織に朱鞘の大小、骨董目利きの才と剣の腕で江戸の難事件解決に挑む！

夢の手ほどき　夜逃げ若殿 捕物噺2

聖 龍人［著］

稲月三万五千石の千太郎君、故あって江戸下屋敷を出奔。骨董商・片岡屋に居候して山之宿の弥市親分とともに謎解きの才と秘剣で大活躍！ 大好評シリーズ第２弾

姫さま同心　夜逃げ若殿 捕物噺3

聖 龍人［著］

若殿の許婚・由布姫は邸を抜け出て悪人退治。稲月三万五千石の千太郎君との祝言までの日々を楽しむべく、江戸の町に出た由布姫が、事件に巻き込まれた！

妖《あや》かし始末　夜逃げ若殿 捕物噺4

聖 龍人［著］

じゃじゃ馬姫と夜逃げ若殿、許婚どうしが身分を隠して、お互いの正体を知らぬまま奇想天外な事件の謎解きに挑む。意気投合しているうちに…好評第４弾！

姫は看板娘　夜逃げ若殿 捕物噺5

聖 龍人［著］

じゃじゃ馬姫と名高い由布姫は、お忍びで江戸の町に出て会った高貴な佇まいの侍・千太郎に一目惚れ。探索に協力してなんと水茶屋の茶屋娘に！ シリーズ第５弾

贋若殿の怪　夜逃げ若殿 捕物噺6

聖 龍人［著］

江戸にてお忍び中の三万五千石の千太郎君の前に現れた、その名を騙る贋者。不敵な贋者の真の狙いとは!? 許嫁の由布姫は果たして…。大人気シリーズ第６弾

花瓶の仇討ち　夜逃げ若殿 捕物噺7

聖 龍人［著］

骨董目利きの才と剣の腕で、弥市親分の捕物を助けて江戸の難事件を解決している千太郎。許嫁の由布姫も事件の謎解きに、健気に大胆に協力する！シリーズ第7弾

お化け指南　夜逃げ若殿 捕物噺8

聖 龍人［著］

三万五千石の夜逃げ若殿、骨董目利きの才と剣の腕で江戸の難事件に挑むものの今度ばかりは勝手が違う！謎解きの鍵は茶屋娘の胸に!? 大人気シリーズ第8弾！

笑う永代橋　夜逃げ若殿 捕物噺9

聖 龍人［著］

田安家ゆかりの由布姫が、なんと十手を預けられた！江戸下屋敷から逃げ出した三万五千石の夜逃げ若殿と摩訶不思議な事件を追う！大人気シリーズ第9弾！

悪魔の囁き　夜逃げ若殿 捕物噺10

聖 龍人［著］

事件を起こす咎人《とがびと》は悪人ばかりとは限らない。夜逃げ若殿千太郎君《ぎみ》は由布姫と難事件の謎解きの日々だが、ここにきて事件の陰で戦《おのの》く咎人の悩みを知って……。

牝狐《めぎつね》の夏　夜逃げ若殿 捕物噺11

聖 龍人［著］

大店の蔵に男が立てこもり奇怪な事件が起こった！一見単純そうな事件の底に、一筋縄では解けぬ謎が潜む。千太郎君と由布姫、弥市親分は絡まる糸に天手古舞《てんてこまい》！

提灯《ちょうちん》殺人事件　夜逃げ若殿 捕物噺12

聖 龍人［著］

提灯が一人歩きする夜、男が殺され埋葬された。その墓が暴かれて……。江戸じゅうを騒がせている奇想天外な事件の謎を解く！大人気シリーズ、第12弾！

華厳の刃　夜逃げ若殿 捕物噺13

聖 龍人［著］

夜逃げ若殿に、父・稲月藩主から日光東照宮探索の密命が届いた。その道中で奇妙な男を助けた若殿たち。これが日光奉行所と宇都宮藩が絡む怪事件の幕開けだった！

大泥棒の女　夜逃げ若殿 捕物噺14

聖 龍人［著］

泥棒日記を手土産に鳶の万造の女と称する娘盗人が自首してきた。日記を武器に万造一味を一網打尽にしたい弥市親分だが……。はたして娘の真の目的は？

見えぬ敵　夜逃げ若殿 捕物噺15

聖 龍人［著］

由布姫と供が襲われ、腰元の志津が殺された。誰が？何を狙って!? まったく姿を見せない恐るべき敵とは？ 一方、旗本どうしの抗争の探索を頼まれたが…。

人生の一椀　小料理のどか屋 人情帖1

倉阪鬼一郎［著］

もう武士に未練はない。一介の料理人として生きる。一椀、一膳が人のさだめを変えることもある。剣を包丁に持ち替えた市井の料理人の心意気、新シリーズ！

倖せの一膳　小料理のどか屋 人情帖2

倉阪鬼一郎［著］

元は武家だが、わけあって刀を捨て、包丁に持ち替えた時吉の「のどか屋」に持ちこまれた難題とは…。心をほっこり暖める時吉とおちよの小料理。感動の第2弾！

結び豆腐　小料理のどか屋 人情帖3

倉阪鬼一郎［著］

天下一品の味を誇る長屋の豆腐屋の主が病で倒れた。このままでは店は潰れる…。のどか屋の時吉と常連客は起死回生の策で立ち上がる。表題作の他に三編を収録

手毬寿司 小料理のどか屋 人情帖4
倉阪鬼一郎［著］

江戸の町に強風が吹き荒れるなか上がった火の手。店を失った時吉とおちよは無料炊き出し屋台を引いて復興への一歩を踏み出した。苦しいときこそ人の情が心にしみる！

雪花菜飯《きらずめし》 小料理のどか屋 人情帖5
倉阪鬼一郎［著］

大火の後、神田岩本町に新たな小料理の店を開くことができた時吉とおちよ。だが同じ町内にけれん料理の黄金屋金多が店開きし、意趣返しに「のどか屋」を潰しにかかり…

面影汁 小料理のどか屋 人情帖6
倉阪鬼一郎［著］

江戸城の将軍家斉から出張料理の依頼！隠密・安東満三郎の案内で時吉は江戸城へ。家斉公には喜ばれたものの、知ってはならぬ秘密の会話を耳にしてしまった故に…

命のたれ 小料理のどか屋 人情帖7
倉阪鬼一郎［著］

とうてい信じられない、世にも不思議な異変が起きてしまった！思わず胸があつくなる！時を超えて伝えられる命のたれの秘密とは？感動の人気シリーズ第7弾

夢のれん 小料理のどか屋 人情帖8
倉阪鬼一郎［著］

大火で両親と店を失った若者が時吉の弟子に。皆の暖かい励ましで「初心の屋台」で街に出たが、謎の事件に巻きこまれた！団子と包玉子を求める剣呑な侍の正体は？

味の船 小料理のどか屋 人情帖9
倉阪鬼一郎［著］

もと侍の料理人時吉のもとに同郷の藩士が顔を見せて、相談事があるという。遠い国許で闘病中の藩主に、もう一度、江戸の料理を食していただきたいというのだが。

天保つむぎ糸 小料理のどか屋 人情帖16

倉阪 鬼一郎［著］

桜の季節、時吉は野田の醤油醸造元から招かれ、息子千吉を連れて出張料理に出かけた。その折、足を延ばした結城で店からいい香りが…。そこにはもう一つのどか屋が!?

世直し隠し剣 婿殿は山同心1

氷月 葵［著］

八丁堀同心の三男坊・禎次郎は婿養子に入り、吟味方下役をしていたが、上野の山同心への出向を命じられた。初出仕の日、お山で百姓風の奇妙な三人組が……。

首吊り志願 婿殿は山同心2

氷月 葵［著］

不忍池の端で若い男が殺されているのに出くわした上野の山同心・禎次郎。事件の背後で笑う黒幕とは？ 禎次郎の棒手裏剣が敵に迫る！ 大好評シリーズ第2弾！

けんか大名 婿殿は山同心3

氷月 葵［著］

ひょんなことから、永年犬猿の仲の大名家から密かに仲裁を頼まれた山同心・禎次郎。諍いつづける両家の諍いの種は、葵御紋の姫君……!? 頑な心を解すのは？

闇公方《やみくぼう》の影 旗本三兄弟 事件帖1

藤 水名子［著］

幼くして父を亡くし、母に厳しく育てられた、徒目付組頭の長男・太一郎、用心棒の次男・黎二郎、学問所に通う三男・順三郎。三兄弟が父の死の謎をめぐる悪に挑む！

徒目付《かちめつけ》 密命 旗本三兄弟 事件帖2

藤 水名子［著］

徒目付組頭としての長男太一郎の初仕事は、若年寄からの密命！ 旗本相手の贋作詐欺が横行し、太一郎は、敵をあぶりだそうとするが、逆に襲われてしまい……。

枕橋の御前　女剣士 美涼1
藤水名子［著］

島帰りの男を破落戸から救った男装の美剣士・美涼と剣の師であり養父でもある隼人正を襲う、見えない敵の正体は？　小説すばる新人賞受賞作家の新シリーズ！

姫君ご乱行　女剣士 美涼2
藤水名子［著］

三十年前に獄門になったはずの盗賊と同じ通り名の強盗が出没。そこに見え隠れする将軍家ご息女・佳姫の影。隼人正と美涼の正義の剣が時を超えて悪を討つ！

剣客大名 柳生俊平《としひら》　将軍の影目付
麻倉一矢［著］

柳生家第六代藩主となった柳生俊平は、八代将軍吉宗から密かに影目付を命じられ、難題に取り組むことに…。実在の大名の痛快な物語！　新シリーズ第1弾！

赤鬚の乱　剣客大名 柳生俊平2
麻倉一矢［著］

将軍吉宗の命で開設された小石川養生所は、悪徳医師らの巣窟と化し荒みきっていた。将軍の影目付・柳生俊平は盟友二人とともに初代赤鬚を助けて悪党に立ち向かう！

浮世小路 父娘《おやこ》捕物帖　黄泉からの声
高城実枝子［著］

味で評判の小体な料理屋。美人の看板娘お麻と八丁堀同心の手先、治助。似た者どうしの父娘に今日も事件が舞いこんで…。期待の女流新人！　大江戸人情ミステリー

緋色のしごき　浮世小路　父娘捕物帖2
高城実枝子［著］

事件とあらば走り出す治助・お麻父娘のもとに、今日も市中で殺しの報が！　凶器の緋色のしごきは何を示すのか⁉　半村良の衣鉢を継ぐ女流新人が贈る大江戸人情推理！

閻魔の女房　北町影同心1
沖田正午［著］

巽真之介は北町奉行所で「閻魔の使い」とも呼ばれる凄腕同心。その女房の音乃は、北町奉行を唸らせ夫も驚くほどの機知にも優れた剣の達人！　新シリーズ第1弾！